Tabora
Tanganjikasee
ONGO
(ZAIRE)

Die Abenteuer des jungen Indiana Jones

Am Todesfluß. Afrika 1916/17

Nigel Robinson

DIE ABENTEUER DES JUNGEN INDIANA JONES™

Am Todesfluß

Afrika 1916/1917

Aus dem Englischen von
Michael Kubiak

vgs

Erstveröffentlichung bei: Faintail Publishing, London.
Titel der englischen Originalausgabe:
The Young Indiana Jones Chronicles.
The River of Death. Africa December 1916–Januar 1917.
Adapted by Nigel Robinson.
Based on the teleplay »German East Africa, December 1916« written by Frank Darabont and directed by Simon Wincer and »British East Africa, Januar 1917« written by Frank Darabont and directed by Simon Wincer.
Story by George Lucas.

Das Buch basiert auf der Fernsehserie
»Die Abenteuer des jungen Indiana Jones« von George Lucas.

Die Deutsche Bibliothek – CIP-Einheitsaufnahme

Die Abenteuer des jungen Indiana Jones : [das Buch basiert auf der Fernsehserie] / von George Lucas. – Köln : vgs.
Einheitssacht.: The young Indiana Jones chronicles <dt.>
NE: Lucas, George [Begr.]; EST
Am Todesfluß: Afrika 1916/1917 / Nigel Robinson.
Aus dem Englischen von Michael Kubiak. – 1992
NE: Robinson, Nigel.

Lizenzausgabe mit freundlicher Genehmigung
Agentur für Urhebernebenrechte GmbH
Merchandising München KG
Kardinal-Faulhaber-Str. 15, 8000 München 2

Lektorat: Astrid Frank
Umschlaggestaltung: Papen Werbeagentur, Köln
Titelfotos: © Keith Hamshere, 1992 LFL
Satz: Fotosatz Froitzheim, Bonn
Druck: Clausen & Bosse, Leck
Printed in Germany
ISBN 3-8025-2249-4

Inhalt

Prolog

1992, Unfallstation eines großen Krankenhauses in New York

Alte Männer stöhnten vor Schmerzen, junge Krankenschwestern behandelten Wunden und Prellungen, und Säuglinge verlangten schreiend nach Aufmerksamkeit und Trost. Abgekämpft wirkende Ärzte und Krankenpfleger rannten aufgeregt durch die Korridore und trugen dringend benötigte Blutkonserven oder Medikamente herum, während draußen eine Sirene ohrenbetäubend heulte und die Ankunft des nächsten Rettungswagens verkündete, der weitere Kranke oder Verletzte brachte.

Obwohl der äußere Schein diese Vermutung nahelegte, war dies kein Lazarett, das nach einer blutigen Schlacht eingerichtet worden war, und auch keine improvisierte Hilfsstation, die eine Naturkatastrophe erforderlich gemacht hatte: es handelte sich lediglich um den typischen Samstagabendbetrieb in einem amerikanischen Großstadtkrankenhaus.

Auf einer der Bänke in der Ambulanz, umgeben von einer bunten Schar Menschen, die wie er darauf warteten, an die Reihe zu kommen, saß Indiana Jones, der berühmte Archäologe und Abenteurer. Trotz seiner mittlerweile mehr als neunzig Jahre konnten die Runzeln in seinem Gesicht nicht das spitzbübische Zwinkern seiner Augen verbergen. Außerdem trug er noch immer das gleiche zerknautschte Filzhutmodell, das er schon in seiner Jugend bevorzugt hatte.

Indiana Jones gab sich alle Mühe, nicht allzu gelangweilt auszusehen, während er höflich dem Mann zuhörte, der neben ihm saß und ihm erzählte, daß er auf seinen Schwager wartete, der sich beim Bowling das Handgelenk verstaucht hatte.

Der Name des Mannes lautete Mike, wie die Stickerei auf der linken Seite seines grellbunten Bowlinghemdes verriet. Mike hielt von seinem Verwandten offenbar nicht allzuviel, denn er äußerte sich ziemlich ungehalten und abfällig über ihn.

»... und ich sag' noch zu ihm, na los doch, du großer Wunderdoktor – er ist nämlich Arzt, müssen Sie wissen –, gib dir endlich mal 'n Tritt und geh' mit zum Bowling. Da kannst du den Jungs mal zeigen, aus welchem Holz du geschnitzt bist. Hätte ich ihn doch nur nicht überredet.« Mike verdrehte die Augen und wischte sich mit einer Hand über die verschwitzte Stirn. »Er kommt in die Halle wie Mister Weltmeister persönlich, sucht sich seine Kugel aus und stellt sich in Positur. Dann nimmt er Anlauf – und vergißt, die Finger aus den Löchern zu ziehen. Der Daumen bleibt drin, und die Kugel verdreht ihm das Handgelenk. Verstaucht, was sonst. Und das ausgerechnet heute, wo ich doch beim Turnier dabeisein sollte. Also, wissen Sie, manchmal ist so 'ne Verwandschaft schon eine ganz schöne Plage.«

Mike zuckte mit den Schultern und ergab sich unwillig in sein Schicksal. Er schaute so traurig drein, als wäre für ihn eine Welt zusammengebrochen.

Indy war froh, daß Mike seine ach so aufregende Geschichte endlich beendet hatte und sah sich in dem Raum um, der vollgestopft war mit Leuten jeden Alters und jeder Rasse. Sämtliche Wehwehchen und Beschwerden schienen vertreten zu sein: Der eine wollte ein Mittelchen gegen seine Erkältungsbeschwerden, der andere einen Gips um seinen gebrochenen Arm.

Das Krankenhaus befand sich in einer ziemlich heruntergekommenen Gegend der Stadt, und viele Menschen, die hierherkamen, waren arm und hatten kein Geld, um einen Arzt aufzusuchen. Indy dachte, daß die Ärzte dieses Hospitals trotz ihrer eingeschränkten Möglichkeiten hervorragende Arbeit leisteten, und seine Bewunderung für ihre Hingabe und ihren Einsatz kannte keine Grenzen.

Gerade wollte er versuchen, Mike behutsam klarzumachen, daß er sich eigentlich gar nicht dafür interessierte, wie sein Schwager sich das Handgelenk verstaucht hatte, als die Schwingtüren aufgestoßen wurden und ein farbiger junger Arzt eintrat. Er trug den obligatorischen weißen Kittel und hielt ein Schreibbrett in der Hand. Das Schild an dem Kittel identifizierte ihn als Doktor Jeffers.

Jeffers warf einen Blick auf sein Schreibbrett und sah sich dann suchend in dem überfüllten Warteraum um.

»Jones?« rief er laut, um sich gegen den herrschenden Lärm durchzusetzen. »Gibt es hier einen Mister Jones?«

»Ja, hier!« antwortete Old Indy erleichtert, da er endlich einen Grund hatte, sich von Mike zu trennen. Er stand auf und humpelte zu dem Doktor hinüber. »Gott sei Dank, ich warte schon seit Stunden.«

Jeffers überging diesen dezenten Vorwurf und begnügte sich mit einem Lächeln. »Welche Beschwerden haben wir denn, Mister Jones?«

Indiana sah ihn etwas ratlos und verlegen an. »Nun, welche Sie haben, weiß ich nicht, aber ich ...«

Plötzlich flogen die Schwingtüren erneut mit einem lautem Krachen auf, und ein Trupp Sanitäter stürmte herein. Dabei schrien sie, man solle ihnen sofort Platz machen.

Sie schoben eine Bahre vor sich her, auf der der Körper eines halbwüchsigen Farbigen lag. Der Junge schrie vor Schmerzen. Indiana wich so schnell er konnte zurück, um die Gruppe vorbeizulassen. Zwei weitere Bahren, die eine mit einem weißen, die andere mit einem südländisch aussehenden Jugendlichen, folgten der ersten durch die Ambulanz zum Operationssaal.

Krankenschwestern rannten hinterher, um zu helfen, während eine vierte Bahre durch die Schwingtüren geschoben wurde, der mehrere Polizisten folgten. Darauf lag ein kleines farbiges Mädchen von etwa sieben Jahren. Es war bewußtlos, und auf seiner Brust war ein roter Fleck zu sehen, der schnell größer wurde.

»Ein Querschläger hat sie erwischt!« rief einer der Sanitäter. »Auf dem Weg hierher hatte sie zweimal einen Herzstillstand! Diese verdammten Straßenbanden ...«

Jeffers griff nach der Hand des Mädchens auf der Bahre, um den Puls zu fühlen, und stürzte mit den anderen durch die Schwingtüren am hinteren Ende des Raums. Wenn sie das Leben des kleinen Mädchens – und das der Bandenmitglieder – retten wollten, mußten sie sich beeilen.

Die flatternden Kittel verschwanden hinter den Schwingtüren, und im Warteraum kehrte wieder Ruhe ein. Alle Wartenden wandten sich wieder ihren jeweiligen Beschäftigungen zu, die sie durch die Störung kurz unterbrochen hatten.

Etwas benommen von der Hektik, die so schlagartig ausgebrochen war, humpelte Indiana zu seinem Platz zurück und ließ sich schicksalsergeben neben Mike nieder. Traurig schüttelte er den Kopf.

»So ein armes kleines Ding«, seufzte er. »Es ist furchtbar, so etwas mit ansehen zu müssen ...«

»Ja ja, eine Schande ist das«, pflichtete Mike ihm bei, aber in seiner Stimme lag nicht der geringste Hauch von Mitgefühl. Er klang, als wäre es ihm im Grunde völlig egal, was mit dem Kind geschah. Indiana musterte ihn mit unverhohlener Abscheu.

»So was passiert doch täglich«, fuhr Mike fort, als er Indianas Gesichtsausdruck bemerkte. »Sehen Sie sich doch nur mal die Welt an, in der solche Leute leben. Zuerst wirft man ihnen jede Menge Unterstützung in den Rachen und läßt sie auf unsere Kosten und von unseren Steuergeldern leben. Und dann fangen sie mit Drogen an, verführen sogar noch unsere Kinder und schießen sich gegenseitig ab wie Tiere. Was hat so ein Kind denn schon zu erwarten, wenn es erwachsen wird? Am Ende müssen wir uns doch damit herumschlagen, weil es kriminell geworden ist ...«

»Das ist eine unglaubliche Verallgemeinerung!« schimpfte Indiana Jones wütend los. Er zitterte am ganzen Körper, als wollte er jeden Moment aufspringen.

Mike mimte einen entsetzten Augenaufschlag. »Oh nein, genau das hat mir noch gefehlt – ein verdammter Liberaler!«

Indiana studierte eingehend die Stickerei auf dem Hemd seines Gesprächspartners.

»Mike, nicht wahr?« stellte er mit einem fragenden Unterton fest. »Denken Sie doch mal nach. Dieses Kind könnte, wenn es erwachsen ist, die erste farbige Präsidentin der Vereinigten Staaten werden, oder die Kleine wird Ärztin und findet ein Mittel gegen Krebs!«

»Na klar doch, sicher!« sagte Mike sarkastisch und lachte laut. »Wie Sie meinen, Alterchen.«

Das war nun wirklich zuviel. Indiana Jones lief vor Wut rot an. Eine Ader trat an seiner Schläfe hervor und pochte heftig. Sein heiles Auge sprühte Blitze, als er Mike seinen ausgestreckten Zeigefinger gegen die Brust stieß, um so jedem seiner Worte die nötige Ausdruckskraft zu verleihen.

»Hören Sie mir gut zu, Sie Ignorant! Niemand kann über jemand anderen sagen, was aus ihm werden wird und welchen Nutzen er der Menschheit bringen kann.«

Mike reagierte auf die heftige Reaktion seines Zufallsbekannten etwas verblüfft.

»Immer mit der Ruhe, Alter, Sie brauchen das doch nicht persönlich zu nehmen ...«

»Ich nehme es aber persönlich«, entgegnete Indy heftig. »Ich weiß nämlich im Gegensatz zu Ihnen, wovon ich rede. Ich kann mich da an einen Vorfall erinnern, den ich 1916 – während des Ersten Weltkriegs – erlebt habe ...«

1

Afrika, Dezember 1916

Seit zwei Jahren versetzte ein furchtbarer Krieg die Welt in Angst und Schrecken. Die Verluste auf allen Seiten waren so entsetzlich, daß die Menschen die Auseinandersetzung den Großen Krieg oder den Krieg aller Kriege nannten. Niemand konnte damals ahnen, daß dies nur der erste von zwei schrecklichen Weltkriegen war.

Die meisten Menschen, darunter auch die Politiker, waren äußerst überrascht, als Erzherzog Franz Ferdinand, der Erbe des österreichischen Throns, in dem kleinen Land Serbien im Südosten Europas einem Attentat zum Opfer fiel.

Österreich behauptete, Serbien sei an dem Mordkomplott beteiligt gewesen und erklärte dem Land den Krieg. Dabei erhielt die K.u.K.-Monarchie Unterstützung von ihrem deutschen Verbündeten, der vier Tage später Rußland den Krieg erklärte.

Innerhalb weniger Tage wurde ganz Europa in die Kämpfe hineingezogen, als sich die verschiedenen Nationen auf ihre Bündnisverpflichtungen besannen und sich entweder an die Seite Deutschlands und Österreichs stellten oder ins Lager der Entente zwischen England, Frankreich und Rußland wechselten.

Indiana Jones war siebzehn Jahre alt und kämpfte im mexikanischen Bürgerkrieg, als er zum erstenmal mit den Grausamkeiten konfrontiert wurde, die gerade in Europa an der Tagesordnung waren. Er sah Wochenschauaufnahmen von den furchtbaren Kämpfen in den Schützengräben und von der Besetzung Belgiens durch die Deutschen.

Bei den Mexikanern hatte er Remy Baudoin kennengelernt und sich mit ihm angefreundet. Remy war gebürtiger Belgier und einige Jahre älter als Indiana. Er lebte schon seit längerer Zeit in Mexiko und hatte dort auf tragische Weise seine Frau, eine Einheimische, verloren. Als Remy die Bilder von den Leiden seiner Landsleute sah, beschloß er, sofort nach Europa zurückzukehren, um in der Armee seines Vaterlandes zu kämpfen.

Von der wilden Entschlossenheit und dem patriotischen Geist seines Freundes angesteckt, hatte sich Indy seinem Kameraden angeschlossen; er glaubte, mit seinem Einsatz an der Rettung der Zivilisation mitzuwirken. Um seinem Freund unbehelligt in die belgische Armee folgen zu können, hatte Indiana den falschen Namen Henri Défense angenommen. Dank seines Mutes und seiner Umsicht, die er bei zahlreichen Einsätzen bewies, bekleidete er schon bald den Rang eines Corporals.

Zusammen mit Remy hatte Indy in der französischen Armee in den Schützengräben bei Verdun gekämpft. Hier tobte die längste und blutigste Schlacht des ganzen Krieges, und die Monate bei Verdun waren Indy wie die reinste Hölle vorgekommen; alles, was danach kam, konnte nur eine Verbesserung bedeuten, egal, was es sein mochte.

Innerhalb kurzer Zeit wurden die beiden Freunde zu Leutnants befördert und nach Afrika versetzt, wo die Belgier die deutschen Kolonien in Ostafrika angriffen.

Bis zum Beginn der Erforschung des Landesinneren im 19. Jahrhundert, galt Afrika allgemein als der Schwarze Kontinent, der den europäischen Mächten so gut wie unbekannt war. Im Jahr 1877 war Sir Henry Stanley, der englische Forscher und Entdecker, mit dem Schiff den Kongo hinuntergefahren, der mit seinen knapp viereinhalbtausend Kilometern nach dem Nil der zweitlängste Fluß Afrikas ist.

Zwei Jahre später forderte König Leopold von Belgien Stanley auf, nach Afrika zurückzukehren und für ihn im Kongobecken ein umfangreiches Landgebiet in Besitz zu nehmen, das später den Namen Kongo Freistaat erhielt. In der Region gab es üppige Wälder und reiche Bodenschätze. Vor allem im Nordosten und im Südosten wurden Gold und Kupfer gefunden. Außerdem gab es in diesem Landstrich eine bedeutende Kautschukgewinnung.

Die anderen europäischen Mächte waren nicht weniger tüchtig und suchten sich ihre eigenen Einflußgebiete auf dem Kontinent, ohne darüber nachzudenken, welche Auswirkungen ihre Art der Kolonisation auf die eingeborene Bevölkerung haben würde.

Schon bald befand sich fast jedes Land in Afrika unter fremder Herrschaft. Deutschland hielt Kamerun und Togo im Westen und einen großen Teil Ostafrikas; die Franzosen beherrschten, unter anderem, die Provinz Gabun im Westen; die Engländer die Goldküste sowie Süd- und Nordnigeria; und die Belgier hatten die Macht in dem Teil inne, der als Belgisch Kongo bekannt war.

Es war praktisch unvermeidbar, daß der Krieg in Europa schließlich auch auf Afrika übergreifen würde, und die dortigen Kämpfe zwischen den Deutschen und den Alliierten waren mindestens genauso verheerend und gnadenlos wie die Schlachten in den Schützengräben Europas.

Die Deutschen kämpften mutig und tapfer, aber sie standen auf verlorenem Posten. Ihre Chance, von Deutschland aus Verstärkung oder Nachschub zu erhalten, war äußerst gering. Die Belgier dagegen wurden von den englischen, rhodesischen, indischen, französischen und südafrikanischen Truppen unterstützt. Trotzdem waren die Deutschen in Afrika alles andere als eine angeschlagene Macht; sie stellten immer noch eine ernsthafte Bedrohung für die politische und wirtschaftliche Stabilität in diesem Kontinent dar. Und das galt es zu bekämpfen.

In Afrika stationiert zu sein, unterschied sich so extrem von Verdun, wie man sich das kaum vorstellen konnte. Verdun schien einer der Orte mit dem schlimmsten Klima Frankreichs zu sein; die häufigen Wolkenbrüche dort verwandelten die Felder in riesige Schlammseen, die so tief waren, daß bereits Männer darin ertrunken waren.

Auf dem riesigen afrikanischen Kontinent dagegen brannte die Sonne beharrlich auf weite Grassteppen oder öde Wüsten. Man konnte tagelang umherwandern, ohne auf eine andere lebende Seele oder eine Spur von Wasser zu stoßen. Aber der zweitgrößte Kontinent der Erde war zugleich voller unglaublicher Gegensätze. In den dichten und üppigen tropischen Wäldern Afrikas regnete es manchmal tage- oder gar wochenlang, wodurch sich die Buschlandschaft in ein lebendiges Moor verwandeln konnte.

In Verdun wurde ein Soldat durch das ständige ferne Dröhnen des feindlichen Kanonenfeuers pausenlos an den Krieg erinnert. In Afrika dagegen schien das einzige beständige Geräusch, das immer zu hören war, das Summen von Tausenden und aber Tausenden von Fliegen zu sein. In der Wildnis dominierte statt dessen das niemals verstummende Geschnatter der Affen und Vögel.

In Europa waren die Hauptgefahren für das menschliche Leben im großen und ganzen auch menschlichen Ursprungs. In Afrika aber gab es unzählige Krankheitserreger, die gerade dem Europäer schnell den Tod bringen konnten. Malaria, Pocken, Schwarzwasserfieber und die Schlafkrankheit waren genauso effektiv, wenn auch in ihrer Wirkung etwas langsamer, wie eine Kugel aus dem Lauf eines Maschinengewehrs, der Granatsplitter einer Kanonenkugel oder auch das Bajonett eines feindlichen Soldaten.

Im Alter von siebzehn Jahren war Indy nunmehr ein Kommandeur der belgischen Armee und führte einen Zug mit Askaris, die als Soldaten im Dienst der belgischen Armee standen und gegen die Deutschen kämpften. Diese eingeborenen Afrikaner galten als wahre Meister des Buschkrieges. Sie trugen die Standarduniform der belgischen Infanteristen in den Tropen, aber ihre dunkle Hautfarbe hob sie deutlich von den anderen belgischen Soldaten ab.

Einige von ihnen trugen selbst im Kampf noch ihren traditionellen Löwenschmuck auf dem Kopf. Der Anblick dieses Kriegsschmucks reichte aus, um auch die Nerven des tapfersten Soldaten zu strapazieren. Außerdem standen sie in dem Ruf, ausgesprochen grausame und geschickte Kämpfer zu sein.

Indy mußte sich im stillen eingestehen, daß er die Askaris zunächst mit einigem Unbehagen betrachtet hatte, bis er Sergeant Barthélémy kennenlernte. Barthélémy war ein massiger Mann Anfang Dreißig, dessen kräftige, imposante Erscheinung ein warmes, mitfühlendes Herz und einen trockenen, stets wachen Humor kaschierte. Indy hatte ihn schon einige Male im Einsatz erlebt und wußte, daß der Sergeant ein zäher und fähiger Krieger war, der die schlimmste Mühsal ohne ein Wort der Klage ertrug und wie ein Besessener kämpfte, aber schon im nächsten Moment Tränen wegen eines verletzten Tieres vergießen konnte. Indy mochte und respektierte ihn sehr, und zwischen beiden entwickelte sich schon bald ein freundschaftliches Verhältnis.

Die Deutschen hatten sich in der Nähe der Stadt Tabora in Deutsch-Ostafrika eingegraben. Tabora lag etwa vierhundertachtzig Kilometer vom Tanganjikasee, dem zweitgrößten See Afrikas, entfernt. Die Stadt war ein wichtiges Kommunikationszentrum für die Deutschen, und so war es unbedingt erforderlich, daß die Alliierten sie einnahmen. Die deutschen Provinzen

Togo und Kamerun waren relativ leicht zu erobern gewesen und bereits während der ersten Monate des Krieges in die Hände der Alliierten gefallen.

Ostafrika hingegen war ein ganz anderer Fall, und das nicht zuletzt aufgrund des taktischen Genies, das der deutsche Kommandant Paul von Lettow-Vorbeck bewies. Lettow-Vorbeck war ein großer Stratege und betrachtete es als seine Mission, so viele alliierte Streitkräfte wie möglich in Kämpfe zu verwickeln, um deren Truppen von dem größeren und bedeutenderen Schlachtfeld Europa fernzuhalten.

Indy und seine kleine Kompanie waren in eine Position, wenige Kilometer vom feindlichen Stützpunkt Tabora entfernt, vorgerückt. Sie warteten in einem Graben gegenüber den deutschen Befestigungen und bereiteten sich auf den Angriff vor. Barthélémy kauerte neben Indiana Jones.

»Sergeant, passen Sie diesmal bitte auf, daß Sie mir nicht wieder auf die Zehen treten«, sagte Indy mit einem verwegenen Grinsen zu ihm.

Barthélémy hob die Hände mit einer entschuldigenden Geste, als wollte er beteuern, daß so etwas nicht mehr vorkommen werde. »Dann versuchen Sie doch dieses eine Mal, etwas schneller zu rennen«, sagte er.

Indy wandte sich an seinen Freund Remy, der ebenfalls dicht neben ihm hockte. »Wenigstens ist es nicht so schlimm wie in Verdun«, murmelte er ihm zu.

»Nichts kann so schlimm sein wie Verdun«, erwiderte Remy und wischte sich Schweißtropfen von der Stirn. Gleichzeitig verscheuchte er mit der Hand eine vorwitzige Fliege, die auf seiner Nasenspitze Platz genommen hatte.

Mit einem Kopfnicken in Richtung der feindlichen Linien sagte Indy zu Remy: »Wer hätte damals gedacht, daß wir jemals andere Männer in den Kampf führen würden?«

Remy zuckte mit den Schultern. »Es ist wirklich seltsam. Ich erinnere mich noch, daß ich damals in Europa, als ich einfacher Infanterist war, oft darüber nachgedacht habe, wie ein Offizier sich wohl fühlt, wenn er mir den Befehl gibt, möglicherweise in den Tod zu gehen. Jetzt weiß ich es. Ein sonderlich tolles Gefühl ist es wirklich nicht.«

Mit flachem Atem beobachtete Indy den Sekundenzeiger seiner Armbanduhr, wie er langsam dem Augenblick der Attacke entgegentickte. Er drehte sich um und ließ seinen Blick über die Männer schweifen, die unter seinem Kommando standen. In ihren schwarzen Gesichtern fand er keinerlei Anzeichen von Furcht. Indy wußte, daß er sich auf sie hundertprozentig verlassen konnte.

Noch fünf Sekunden. Vier. Drei. Zwei ...

Indy hob seine Pistole und schoß in die Luft. »Alle Mann los!« brüllte er und kletterte über den Grabenrand. An die hundert Soldaten folgten ihm und stießen ihren Kriegsruf aus. Die Bajonette an ihren Gewehren funkelten in der Sonne, während sie über das freie Feld den deutschen Stellungen entgegenstürmten.

Über dem Angriffslärm waren zwei Pfeifsignale zu hören, und zwei weitere Kompanien tauchten aus den Gräben auf und sicherten die rechte und linke Flanke von Indys Truppe.

Die erste Gruppe wurde von Remy geführt. Seine Leute stießen ein begeistertes Gebrüll aus und schienen die Erregung der Schlacht auszukosten; sie feuerten mit ihren Gewehren in die Luft. Die zweite Gruppe befehligte Major Boucher, ein schnurrbärtiger belgischer Offizier Ende Dreißig. Unter seinen Männern befanden sich einige, die auf dem Kopf den traditionellen Löwenschmuck trugen.

Hinter den aus Holzbalken zusammengezimmerten und mit Sandsäcken gesicherten Barrikaden auf der deutschen Seite herrschte Totenstille. Major Kleist, der deutsche Offizier, der den Befehl über die Truppe innehatte, beobachtete die anrückenden Soldaten ruhig und gelassen. Er wollte vermeiden, wertvolle Munition zu verschwenden, und gab nicht eher den Befehl zum Schießen, als es unbedingt erforderlich war.

Kleist ging hinter der deutschen Verteidigungslinie unruhig auf und ab und vergewisserte sich, daß seine Männer ihre Gewehre bereithielten. Von einigen deutschen Offizieren abgesehen, waren alle Soldaten Angehörige des Stammes der Watussi, hochgewachsene, feingliedrige und hellhäutige Menschen, die als geschickte und tapfere Krieger bekannt waren. Einige von ihnen schauten nervös zum Major. Die feindliche Truppe hatte sie beinahe erreicht – sollten sie nicht lieber feuern?

Mit einem zufriedenen Grinsen schüttelte Kleist den Kopf und beobachtete über den Rand der Barrikaden hinweg den Feind. Die angreifenden Soldaten rannten ahnungslos in seine Falle.

»Nicht, nicht schießen ... Wartet noch, wartet ... Sucht euch schon mal sichere Ziele ...«, sagte er.

Seine Männer würden erst dann feuern, wenn der Feind in Reichweite war und man seine Anzahl deutlich erkennen konnte, nicht eine Sekunde früher.

Die Deutschen waren in einer viel schwächeren Position als die Belgier, was die Kampfstärke anging. Oder zumindest glauben sie das, dachte Kleist. Indy und seine Soldaten hatten nicht die geringste Ahnung von seiner Geheimwaffe ...

Kleist wartete noch ein paar Sekunden, bis er Indy und seine Kompanie deutlich sehen konnte. Sie waren nur noch wenige Meter entfernt und hatten die deutschen Linien fast erreicht. Ihre Gesichter leuchteten hell und eifrig, jederzeit bereit zum Kampf.

Der Major betrachtete seine Männer, die immer noch nervös auf seine Befehle warteten. Sie konnten sich schon ausrechnen, wie diese aussehen würden; daher hatten sie die Gewehre bereits gespannt und zielten auf die Angreifer.

»Feuer!« bellte Kleist endlich.

Die Luft schien regelrecht zu explodieren, als die Watussikrieger und die deutschen Soldaten auf Indys Kampfeinheit schossen. Kugeln schlugen rings um die Angreifer herum ein, schleuderten den Sand hoch und hüllten sie in eine dichte Staubwolke. Mehrere Männer fielen zuckend zu Boden, tödlich getroffen vom Kugelhagel des Feindes.

Das war es, worauf Indy gewartet hatte. Er schoß mit seiner Pistole in die Luft und rief seinen Männern auf Swahili zu: »Feuer!«

Mit einem blutrünstigen Aufschrei erwiderten die Askaris das Feuer. Sie waren erst vor kurzem für das Schießen ausgebildet worden, aber sie waren Krieger, die sehr schnell gelernt hatten. Von allen Seiten schlugen Kugeln in die deutschen Stellungen ein, als Remys und Major Bouchers Männer ebenfalls in den Kampf eingriffen.

Die hölzernen Barrikaden, die die deutsche Kompanie schützten, explodierten in einem Splitterregen, Sandsäcke wurden durchlöchert. Dichte Rauchschwaden stiegen auf, der Geruch von Schießpulver beherrschte die Luft. Als sich die Gewehrsalven in die Reihen der Watussikrieger und ihrer deutschen Offiziere fraßen, fielen etliche von ihnen schreiend zu Boden. Indy erkannte, daß der Feind hoffnungslos unterlegen war. Noch wenige Sekunden, und alles wäre vorbei.

Innerhalb kürzester Zeit analysierte Kleist die Situation. Er wirbelte herum und rief einem seiner Leutnants einen Befehl zu. Der Mann verbarg sich auf einem speziellen Posten, der ein Stück von der eigentlichen Stellung der Deutschen entfernt lag.

»Maschinengewehr – Feuer!«

»Sie haben ein Maschinengewehr!« brüllte Remy,

der etwas Deutsch verstand. In seiner Stimme lag blankes Entsetzen. »Gott helfe uns!«

Aber die Männer hatten keine Chance. Die Hölle brach los, als der deutsche Maschinengewehrschütze die Schutzplane von der automatischen Waffe riß und das Feuer auf die heranstürmenden Soldaten eröffnete. Der Lärm des Maschinengewehrs übertönte sämtliche Kampfgeräusche, als es innerhalb weniger Sekunden Hunderte von Kugeln ausspuckte.

Der Vorteil der Angreifer hatte sich in Luft aufgelöst. Viele rannten in ihrer Panik direkt auf die deutschen Stellungen zu und wurden sofort von den unbarmherzigen Salven des Maschinengewehrs niedergemäht. Indy und seine Kameraden warfen sich in den Sand und beteten inständig, heil aus diesem Inferno herauszukommen.

Das war es, wovor sich alle gefürchtet hatten: das Maschinengewehr sollte der ruhmvolle Sieger dieses Krieges werden. Relativ klein und beweglich, konnte es 600 Kugeln pro Minute abfeuern; es war eine furchtbare Höllenmaschine und für den Tod von Tausenden von Soldaten in den europäischen Schützengräben verantwortlich. Auch dieses Mal sorgte es für den Stillstand der Kampfhandlungen. Wenn die Deutschen eine solche Waffe zur Verfügung hatten, sollte man sich besser nicht ausmalen, wieviele Menschenleben sie damit auslöschen konnten.

Indy fand sich als Anführer der ersten Angriffswelle mitten im Schußfeld wieder. Ein wahrer Kugelregen schlug vor ihm in den Boden ein und schleuderte Erde und Sand in seine Augen. Das gnadenlose Rattern der Maschinengewehrsalven machte ihn fast taub.

In dem Lärm und der allgemeinen Verwirrung hinter sich konnte er hören, wie Major Boucher seine Soldaten brüllend zum Rückzug aufforderte. Männer krochen in Todesangst auf Händen und Knien zurück, um sich in Sicherheit zu bringen, und beteten zu ihren

Schutzgeistern, daß die Kugeln aus dem Maschinengewehr sie nicht erreichten.

Indy hörte auch, wie Boucher seinen Namen rief. »Leutnant Défense! Umkehren!«

Der junge Amerikaner hob den Kopf und sah mit Augen, die vom Pulverqualm tränten, den deutschen Maschinengewehrschützen nur zehn Meter von sich entfernt. Ein Watussikrieger hielt den Patronengurt bereit und achtete darauf, daß er sich nicht verdrehte, während der deutsche Soldat, der vom Rückstoß der Waffe am ganzen Körper heftig zitterte, das Gelände vor sich mit Kugeln übersäte.

Doch plötzlich brach das Rattern abrupt ab, das Maschinengewehr feuerte nicht mehr. Die schlagartig einsetzende Stille schien sich wie ein Tuch auf alle anderen Geräusche zu senken.

Indy hörte nur eine einzige Stimme – eine deutsche, die einen wütenden Fluch ausstieß. Der Maschinengewehrschütze hämmerte verzweifelt mit der bloßen Faust auf das Schloß seiner schweren Waffe ein.

Es klemmt, dachte Indy. Das Maschinengewehr klemmt!

Das war seine Chance. Wenn er das Gewehr unter seine Kontrolle bringen könnte, dann gehörten die deutschen Stellungen ihnen. Er sprang auf und rief Barthélémy und den anderen Männern zu, sie sollten ihm folgen.

»Auf die Füße! Vorwärts! Angriff!« brüllte er auf Swahili.

Die Deutschen, die das Feuer aus ihren Gewehren eingestellt hatten, als das Maschinengewehr in Aktion getreten war, waren für einen Moment überrumpelt. Als sie jedoch sahen, daß Indy und seine Männer wieder auf sie zustürmten, begannen sie erneut zu schießen.

Kugeln summten und schwirrten um sie herum, aber Indy bemerkte nichts davon. Er mußte das Maschinengewehr erreichen, ehe der Schütze Zeit fand, seine Waffe wieder einsatzfähig zu machen.

Adrenalin schoß durch seine Adern und trieb ihn vorwärts. Neun, acht, sieben Meter. Nur noch ein paar Schritte, und das Maschinengewehr gehörte ihm.

Auf einmal spürte Indy einen heftigen Stich direkt über seinem Herzen. Er faßte sich an die Brust. Sein Hemd war von einer Kugel zerfetzt worden. Ein brennender Schmerz raste durch seinen ganzen Körper, als die Wucht des Treffers ihn herumwirbelte. Die Welt verschwamm in einem sinnverwirrenden Strudel, ehe sie sich feuerrot färbte.

O nein, dachte er. Das ist wohl das Ende ... Gleichzeitig wunderte er sich, wie schnell der Tod über ihn kam. Jedenfalls sah er nicht die Stationen seines Lebens an seinem geistigen Auge vorüberlaufen, bevor er in ein großes schwarzes Loch fiel.

Mit einem dumpfen Laut stürzte Indy kopfüber in den Sand.

2
Der Zauber des weißen Mannes

Panik und Verwirrung erfaßte die Askaris, als sie Indy zu Boden stürzen sahen. Führerlos über das Schlachtfeld irrend, rannten die ersten bereits in die Sicherheit des Grabens zurück.

»Nein!« Ein verzweifelter Schrei übertönte den Kampflärm. Der treue Barthélémy eilte über das Schlachtfeld hinüber zu seinem Freund und ignorierte dabei hartnäckig die Kugeln, die ihn wie wütende Hornissen umschwirrten. Er warf sich neben Indy in den Staub.

»Leutnant Défense!« rief er. »Leutnant Défense!«

Indys Augen öffneten sich, und Barthélémy wich verblüfft zurück. Die nervös durcheinanderrennenden Männer wandten sich im Lauf um und blieben verblüfft stehen.

Wie festgewachsen standen sie mitten auf dem Schlachtfeld und beobachteten, wie Indy sich langsam aufrichtete. Sein Gesicht war mit Sand und Erde verschmiert, Blut sickerte aus seinem Mund, aber ansonsten war er ganz eindeutig lebendig.

Indy war mindestens genauso überrascht wie die Soldaten. Ein dumpfer Schmerz pochte in seiner Brust, aber sein Herz schlug regelmäßig. Und er atmete immer noch. Er verstand die Welt nicht mehr.

Doch jetzt war nicht der richtige Zeitpunkt, darüber nachzudenken, weshalb er wieder auf beiden Beinen stand, obwohl er doch eigentlich tot sein müßte. Statt dessen rief er den Männern zu, sie sollten den Kampf fortsetzen.

Doch die Soldaten standen wie vom Blitz getroffen da und waren unfähig, sich zu rühren. Der weiße Mann hatte viele neue Erfindungen in dieses Land gebracht, gute und schlechte. War dies etwa ein weiteres Beispiel für seinen mächtigen Zauber?

Indy schoß mit seiner Pistole erneut in die Luft und spuckte Blut aus. »Verdammte Kerle!« schimpfte er auf Swahili und wiederholte seinen Befehl. »Ich habe gesagt, ihr sollt kämpfen! Greift endlich an!«

Der Respekt vor Indys Zauberkräften war letztendlich größer als die Angst vor den Kugeln der Deutschen. In diesem Moment wäre sicherlich jeder von ihnen Indy bis in die Hölle gefolgt. Also machten sie kehrt und rückten wieder gegen die Deutschen vor.

Auf der Seite des Gegners herrschte hektische Aktivität. Der Maschinengewehrschütze hämmerte immer noch mit der bloßen Faust wütend auf seine Waffe ein, um sie wieder in Gang zu setzen.

Einige Männer aus Remys und Major Bouchers Truppen hatten die wunderbare Auferstehung des jungen Leutnant mitverfolgt und schwenkten ebenfalls um. Remy erkannte die Gelegenheit, die sich ihnen bot, sammelte seine restlichen Soldaten und feuerte sie an, einen weiteren Angriff zu versuchen.

Remy hatte Indy fallen sehen, aber er begriff immer noch nicht, was genau er da eigentlich beobachtet hatte. Er spürte nur, daß diese zunächst ungeordnete Flucht sich nun doch noch in eine entschlossene Attacke verwandelte.

»Mon Dieu«, murmelte er vor sich hin. Er würde die Amerikaner niemals verstehen, das wußte er. Sie schienen geradezu Spaß daran zu haben, ihr Leben in Gefahr zu bringen. Und der junge Indiana Jones stand ganz vorne in der Reihe dieser Verrückten.

Aber lieber hätte sich Remy allein auf den Feind gestürzt, als seinen Freund im Stich zu lassen. Er rannte vor, bis er sich an der Spitze seiner Soldaten befand, und stürmte gemeinsam mit Indy auf die deutschen Barrikaden zu.

»Verdammt noch mal, Leutnant!« brüllte Major Boucher hinter ihnen. Sein Gesicht war vor Wut rot angelaufen. »Ich habe den Rückzug befohlen!«

Aber keiner hörte auf ihn. Seine eigenen Männer wurden vom Kampfesmut ihrer Kameraden mitgerissen und machten eigenständig kehrt, um die Streitmacht Indys und Remys zu verstärken. Major Boucher konnte im Augenblick nichts anderes tun, als hinter seinen eigenen Leuten herzulaufen und ihnen mit mutigem Beispiel voranzugehen.

Von Indys Zauberkraft angespornt und beeindruckt, rannten die Askaris gegen die Befestigungen der Deutschen an. Indy und Barthélémy waren die ersten, die die Hindernisse mit kühnen Sprüngen überwanden.

Ein verbissener Kampf begann, Mann gegen Mann. Mit Messern, Pistolen und sogar mit bloßen Händen versuchten die Gegner, sich gegenseitig auszuschalten. Nichts erinnerte mehr daran, daß der Stamm der Watussi und die Askaris, die im Dienst der belgischen Armee kämpften, früher einmal freundschaftlich nebeneinander gelebt hatten. Man konnte meinen, hier würde eine uralte Fehde ausgefochten.

Kleist und seine deutschen Offiziere schossen mit ihren Mauser- und Luger-Pistolen wild um sich und streckten nicht nur die Angreifer nieder, sondern im Zuge der allgemeinen Verwirrung sogar eigene Watussikrieger.

Mit wütendem Gebrüll versuchten einige von Indys Leuten, sich auf den Major zu stürzen und ihn zu Fall zu bringen, doch Kleist war ein starker Mann, sie konnten nichts gegen ihn ausrichten. Entweder schoß er sie nacheinander nieder, oder er wischte sie mit einem Hieb seines kräftigen Arms einfach zur Seite.

Seine Blicke zuckten nervös umher und suchten nach Indy. Doch als er ihn entdeckte, war es fast schon zu spät. Er sah, wie der junge belgische Leutnant sich gerade auf das Maschinengewehrnest zukämpfte, wo der Schütze noch immer an seiner defekten Waffe herumhantierte.

Kleist verfluchte diesen Kerl, der seine wohlüberlegten Pläne durchkreuzt und zum Scheitern gebracht hatte. Er hob seine Pistole und zielte genau ... Aber noch ehe er einen Schuß abfeuern konnte, traf ihn eine Kugel mitten ins Herz. Kleist sank um und war tot, noch bevor sein Körper den Erdboden berührte.

Von dem Schuß erschreckt, drehte Indy sich um und sah Barthélémy, der gerade sein Gewehr absetzte, mit dem er seinem Vorgesetzten das Leben gerettet hatte. Er hatte nicht einmal Zeit, dem Sergeanten dankend zuzunicken, denn das Maschinengewehr hämmerte erneut mit voller Wucht los.

Die Kugeln brachen wie bleierne Hagelkörner über die Angreifer herein. Der Schütze hatte endlich seine Waffe wieder in Gang gebracht.

Indy, Barthélémy und Remy gingen hinter einem Stapel Sandsäcke in Deckung, während die Krieger ein entsetztes Geschrei anstimmten. Der Maschinengewehrschütze hatte keine Gelegenheit, genau zu zielen, und mähte unterschiedslos alles nieder, was ihm vor den Lauf geriet.

»Dieses verdammte Ding sorgt am Ende dafür, daß wir alle in diesem finsteren Winkel der Erde unser Leben aushauchen!« jammerte Remy.

Indy schaute sich um und sah, wie die Männer um ihn herum getroffen zu Boden sanken.

Das alles ist meine Schuld, sagte er sich. Ich habe das angefangen, und ich muß jetzt dafür sorgen, daß es beendet wird!

Er schob die Pistole in den Gurt zurück und entriß einem gefallenen Krieger das Gewehr. Ehe Remy oder Barthélémy ihn aufhalten konnten, robbte er schon durch das herrschende Chaos auf den Maschinengewehrschützen zu. Ab und zu sprang er auf und rannte ein paar Schritte, indem er jede nur mögliche Deckung ausnutzte. Dabei waren ihm die Sandsäcke der Deutschen eine wertvolle Hilfe.

Durch den Qualm konnte Indy erkennen, wie der Schütze auf die Angreifer feuerte. Neben ihm hockte immer noch der Watussikrieger und führte den Patronengurt in die Waffe ein, damit sie nicht wieder klemmte. Gleichzeitig schüttete er Wasser auf den Lauf, um zu verhindern, daß dieser zu glühen begann und sich verzog. Dampfwolken stiegen hoch und verdeckten die beiden Feinde gelegentlich vor Indys Sicht.

Indy nutzte diese kurzen Augenblicke der Unsichtbarkeit, um sich unbemerkt immer näher an sein Ziel heranzuarbeiten. Das Adrenalin in seinem Blut verlieh ihm zusätzliche Kraft, und er setzte mit einem wahren Hechtsprung über die Brustwehr und landete direkt neben dem Schützen.

Reaktionsschnell griff der Watussikrieger nach dem Messer in seinem Gürtel, riß es aus der Scheide und griff den Eindringling ohne zu zögern an. Indy hatte nicht genug Platz, um ihm auszuweichen, daher blieb ihm nichts anderes übrig, als aus kürzester Distanz auf ihn zu schießen. Das alles geschah so schnell, daß der Watussi noch nicht einmal Zeit fand, zu schreien.

Der Maschinengewehrschütze schwenkte den Lauf seiner Waffe herum und zielte damit nicht mehr auf die Soldaten, sondern auf Indy. Ohne nachzudenken packte Indy den Lauf und stieß ihn zur Seite, bevor die ersten Kugeln herausschossen. Er schrie vor Schmerz auf, als der rotglühende Stahl seine Hand versengte, und plötzlich war die Luft mit dem süßlichen Aroma verbrannten Menschenfleischs erfüllt.

Fluchend versuchte der Deutsche, die Waffe wieder auf Indy zu richten. Ohne bewußt darüber nachzudenken, was er tat, rammte Indy dem Mann sein Bajonett mitten durch die Brust. Dann wuchtete er die Leiche des Schützen beiseite und packte den Kolben des Maschinengewehrs. Er richtete den Lauf auf die Hauptstreitmacht der Deutschen und eröffnete das Feuer.

Sein Körper vibrierte, und die Erde um die Watussikrieger herum schien zu explodieren, als Indy vor ihren Füßen ins Erdreich feuerte. Panisch rannten sie in alle Richtungen davon, als sie versuchten, dem Kugelhagel zu entkommen. Dabei liefen sie direkt ins Gewehrfeuer von Indys Leuten und wurden reihenweise niedergestreckt.

Einer der deutschen Offiziere gab das Signal zum Rückzug, obgleich es dieses Befehls eigentlich gar nicht mehr bedurfte. Als sie erkannten, daß die Schlacht verloren war, machten Deutsche und Watussis bereits von allein kehrt und suchten Schutz im undurchdringlichen Dschungel, während Krieger mit Löwenschmuck sie verfolgten.

Indy stellte das Feuer ein.

Nach dem grauenvollen Lärm des Kampfes war es plötzlich seltsam still. In Indys Ohren lag jedoch immer noch das Summen und Rattern des Maschinengewehrs. Er zitterte vor Erregung. Die Qualmwolken verzogen sich nur langsam und gaben nach und nach den Blick auf den Kampfplatz mit den verstreut herumliegenden Leichen der Soldaten und Krieger frei.

Irgend etwas irritierte Indy, und er dachte angestrengt nach, was es sein mochte. Moment mal, dachte er. Eigentlich sollte ich doch tot sein, oder nicht? Diese deutsche Kugel hat mich doch in der Brust erwischt...

Vorsichtig betastete er die Stelle, wo er getroffen worden war. Sein Hemd hing in Fetzen, und an den Stoffrändern klebte etwas Blut, aber auf keinen Fall die Menge, die er bei einer Brustwunde erwartet hätte. Er tastete etwas beherzter, und dann mußte er lächeln.

Er knöpfte sein Hemd auf und zog ein silbernes Medaillon an einer Kette heraus. Darin befand sich ein wertvolles Bild, das ihm vor längerer Zeit in Wien die Nichte des Erzherzogs Ferdinand geschenkt hatte. Das Medaillon war völlig verbogen, aber als er es aufklappte, stellte er zu seiner Erleichterung fest, daß das Bild nicht beschädigt worden war. Indy schickte ein stummes Dankgebet zum Himmel und gelobte feierlich, die Prinzessin niemals zu vergessen.

Jetzt erst wurde sich Indy der Truppe bewußt, die ganz in seiner Nähe stand. Die Männer betrachteten ihn mit einem Ausdruck ehrfürchtigen Staunens und murmelten leise etwas, das wie eine Beschwörung klang.

Als Indy begriff, daß dieser Gesang ihm galt, grinste er und hob seine versengte Hand zu einer Geste des Dankes. Während er die Hand öffnete, konnte er einen Schmerzlaut nur mühsam unterdrücken. Die Brandblasen mußten schnellstens behandelt werden.

Ein lautes Jubelgeschrei stieg aus den Kehlen der Krieger auf. Remy und Major Boucher standen ein Stück entfernt und verfolgten die Szene.

Major Boucher beobachtete das Geschehen mit wutverzerrter Miene. Er ahnte nicht, daß Indiana Jones, den er nur als Leutnant Défense kannte, soeben von den schwarzen Kriegern in den Rang eines Gottes erhoben worden war.

Der Offizier räusperte sich. »Leutnant!« rief er.

Indy blickte zu ihm hinüber. Seine Augen funkelten vor Stolz, die Freude über seinen Sieg war ihm deutlich anzusehen. Doch diese Freude sollte ihm gründlich versalzen werden.

»Freuen Sie sich nicht zu früh«, bellte Major Boucher. »Für diese Eigenmächtigkeit und Ihren Ungehorsam ziehe ich Sie zur Rechenschaft!«

Indy konnte nicht verhindern, daß er plötzlich ein flaues Gefühl in der Magengegend hatte. Die eine Schlacht mochte ja vorüber sein – aber eine zweite, wahrscheinlich schlimmere, würde bald beginnen ...

3
Lohn des Ungehorsams

Die Belgier hatten ihr Camp auf einer kleinen Lichtung im Dschungel aufgeschlagen, die nicht allzuweit vom Kampfplatz entfernt lag. Offiziere und Askaris ruhten sich dort nach der Schlacht aus und bereiteten über kleinen Lagerfeuern ihre Mahlzeiten zu. Sie dachten einstweilen nicht daran, die Deutschen in Kürze erneut anzugreifen. Erst einmal wollten sie ihren triumphalen Sieg auskosten.

Alle waren über den glücklichen Ausgang ihrer Mission froh und erleichtert, das heißt alle außer Major Boucher. Sobald Indys Verbrennungen von Captain LaFleur, dem Kompaniearzt, behandelt worden waren und seine Hand in einem Verband steckte, rief der Major Indy und Remy zu sich.

Ein ernster Ausdruck lag in seinem Gesicht, und er trommelte ungeduldig mit den Fingern auf die Tischplatte. Neben ihm saß Colonel Mathieu, Bouchers direkter Vorgesetzter.

Indy und Remy salutierten vorschriftsgemäß vor den beiden Offizieren und machten ihre Meldung.

»Leutnant Défense und Baudoin wie befohlen angetreten.«

Boucher und Mathieu erwiderten den Gruß, und Boucher musterte die beiden mehrere Sekunden lang schweigend von Kopf bis Fuß. Dann räusperte er sich und kam ohne weitere Umschweife zur Sache.

»Leutnant Défense, haben Sie während des Angriffs meinen Befehl zum Rückzug gehört?«

Indy schluckte. Jetzt schien es ihm tatsächlich an den Kragen zu gehen. Er blickte starr geradeaus, und seine Lippen bewegten sich kaum, als er antwortete.

»Jawohl, Major«, gab er zu. »Ich habe Ihren Befehl gehört.«

»Und dennoch haben Sie ihn nicht beachtet«, stellte Boucher mit schneidender Stimme fest.

»Das Maschinengewehr des Feindes hatte einen Defekt«, verteidigte Indy seine Handlungsweise. »Ich hielt das für eine günstige Gelegenheit, ungefährdet vorzurücken ...«

»Indem Sie sich des Ungehorsams gegenüber einem vorgesetzten Offizier schuldig machten!« Bouchers Stimme wurde lauter. Ihn schien Indys Einwand gar nicht zu interessieren.

Indy nickte widerstrebend. Der Major hatte im Prinzip recht, und es war nicht das erste Mal, daß er Befehle nicht beachtet hatte. Aber bis jetzt war das eigentlich immer von Vorteil für ihn gewesen. Andererseits sah er durchaus ein, wie wichtig Disziplin in Kriegszeiten war. Wenn ein Offizier oder Soldat Befehle nicht ausführte, konnte dadurch ein ganzes Regiment in tödliche Gefahr geraten.

Boucher war mittlerweile von seinem Stuhl aufgestanden und hatte sich vor Indy aufgebaut. Er stand so dicht vor dem Leutnant, daß diesem der Geruch von Bouchers Eau de Cologne in die Nase stieg.

»Was meinten Sie, Leutnant?« bellte Boucher. »Ich habe Sie nicht verstanden. Reden Sie lauter!«

»Ja, Monsieur le Major!« preßte Indy zwischen zusammengebissenen Zähnen hervor. »In Mißachtung der Befehle eines vorgesetzten Offiziers.«

»Wenn der Defekt dieses Maschinengewehres behoben worden wäre, bevor Sie die Stellung erreichten, hätte unsere gesamte Kompanie ausradiert werden können!«

Indy öffnete den Mund, allerdings wußte er nicht, was er darauf erwidern sollte. Natürlich hätte das passieren können. Aber es war nicht passiert, und wie oft hing der Erfolg einer Schlacht von unerwarteten Zufällen wie diesem ab. Hätte er diese einmalige Chance etwa nicht nutzen sollen?

Colonel Mathieu räusperte sich. Alle Augen wandten sich ihm zu. Er erhob sich majestätisch, umrundete den Tisch und legte eine Hand beschwichtigend auf Bouchers Schulter.

Der Colonel galt als weitaus großzügiger und liberaler als der Major. Mathieu hatte schon in vielen Schlachten gekämpft und wußte, wie klug es manchmal sein konnte, die Regeln ein wenig zu umgehen oder bewußt großzügig auszulegen. Anders als Boucher lief er nicht ständig mit der Dienstvorschrift unterm Arm herum.

»Major, Sie haben natürlich das Recht, ein Disziplinarverfahren einzuleiten oder den Leutnant vor ein Kriegsgericht zu bringen«, sagte Mathieu betont sanft und freundlich. »Aber ich sollte Sie vorher darüber informieren, daß ich soeben eine Mitteilung von General Tombeur erhalten habe.«

Boucher hob fragend eine Augenbraue, während Mathieu einen Bogen amtlichen Briefpapiers von seinem Tisch nahm. »Der General ist begeistert«, sagte er ruhig. »Der heutige Einsatz hat offenbar der deutschen Verteidigung schweren Schaden zugefügt und ihr sozusagen das Genick gebrochen; deshalb zeichnet er unsere gesamte Einheit mit einer lobenden Erwähnung im Heeresbericht aus.« Er wandte sich an Indy. »Gleichzeitig soll dieser junge Leutnant eine Beförderung erhalten.«

Boucher konnte seine Wut nur mühsam im Zaum halten.

»Ich verstehe«, sagte er steif.

»Es wäre doch schade, wenn wir unseren Erfolg durch einen solchen Streit mindern würden, oder etwa nicht?« fragte Mathieu. Boucher dachte darüber zwar ganz anders als sein Vorgesetzter, aber er mußte erkennen, daß er in dieser Sache keine andere Wahl hatte. Er konnte nur zustimmen, wenn er sich nicht weiterhin lächerlich machen wollte. Das Recht lag eben immer auf seiten der Sieger.

Mathieu konnte sich ein Lächeln nicht verkneifen, während er zu Indy hinüberging, der ihn breit angrinste. Boucher schwieg und verfolgte das Geschehen mit brennenden Augen.

»Auf Befehl von General Tombeur, mit seinem Glückwunsch und seinem tiefempfundenen Dank«, sagte der Colonel und überreichte Indy die Rangabzeichen eines Captains. »Und auch ich möchte Ihnen herzlich danken – Monsier le Captain!«

Indy strahlte vor Stolz und salutierte zackig. Der Colonel erwiderte den Gruß und ging dann zu der Ursache des Streits, dem Maschinengewehr, hinüber, das im Licht der frühabendlichen Sonnenstrahlen, die durch den Zelteingang hineindrangen, matt schimmerte. Er streichelte es beinahe liebevoll.

»Das ist ein wahrer Schatz, den Sie da erobert haben«, sagte er. »Dieses Ding ist sein Gewicht in Gold wert.«

Indy und Boucher nickten. Sie hatten beide am eigenen Leib erlebt, was für eine wirkungsvolle Waffe das Maschinengewehr war. Und dieses Modell war eine der leistungsfähigsten deutschen Waffen mit einer Feuergeschwindigkeit von maximal 600 Schuß pro Minute.

Es hatte seinen Wert in Europa bereits unter Beweis gestellt. Am ersten Tag der Schlacht an der Somme hatte sein Einsatz für neunzig Prozent der Verluste unter den Alliierten gesorgt. In Afrika konnte ein einziges Maschinengewehr den Ausgang einer ganzen Schlacht entscheiden.

»Vor einigen Monaten wurde uns eine Lieferung von Maschinengewehren aus Europa angekündigt«, fuhr Mathieu fort, »aber sie sind längst überfällig. Sie sind einfach nicht angekommen – das heißt, bis jetzt ...« Er ging zu seinem Schreibtisch zurück, auf dem eine große Landkarte von Afrika ausgebreitet war, und winkte Indy und Boucher zu sich heran. Dann wies er auf das Kap der Guten Hoffnung an der südlichen Spitze des Kontinents und wanderte von dort mit dem Finger bis zu dem winzigen Hafen Chinde, 1600 Kilometer weit entfernt an der Ostküste. »Das Versorgungsschiff sollte das Kap umfahren und dann Chinde anlaufen«, sagte er. »Aber wie wir erfahren haben, ist es an der Westküste entlang bis Kap Lopez gefahren.«

Er zeigte seinen Untergebenen auf der Karte Kap Lopez. Der Ort lag in der französischen Provinz Gabun, in nächster Nähe zur Grenze von Belgisch Kongo.

Colonel Mathieus Miene war sehr ernst, als er seinen Blick von der Landkarte löste und sich zu Indy und Boucher umdrehte.

»Unsere Waffen liegen in der französischen Garnison in Port Gentil und setzen allmählich Staub an«, sagte er. »Die Ladung besteht aus zwei Dutzend Vikkers-Maschinengewehren, vier Mörsern und zwei leichten englischen Haubitzen.«

»Man wagt ja kaum, davon zu träumen, was wir mit den Dingern ausrichten könnten«, bemerkte Indy.

Mit einer Feuergeschwindigkeit von 500 Schuß pro Minute nahm die englische Haubitze es mühelos mit dem deutschen Maschinengewehr auf, zumal die englische Waffe, im Gegensatz zur deutschen, überaus leicht zu transportieren war.

»Das Arsenal wäre wirklich eine große Hilfe, wenn wir versuchen wollen, Tabora einzunehmen«, sagte Remy. »Ich hab' nämlich ehrlich gesagt wenig Lust, mit nichts als unseren rosigen Aussichten gegen das Waffenlager der Deutschen in den Kampf zu ziehen.«

»Genau«, stimmte Mathieu zu. »Und deshalb werde ich Sie drei nach Kap Lopez schicken. Schauen Sie sich dort um, und sehen Sie zu, daß Sie die Waffen schnellstens hierher bringen.«

Remys Mund klappte auf, und sogar Indy starrte den Colonel sprachlos an.

»Sie verlangen von uns eine Expedition?« fragte Remy. »Über den Kongo?«

»Ich beglückwünsche Sie zu Ihrer schnellen Auffassungsgabe«, sagte der Colonel sarkastisch und zeigte ihnen auf der Landkarte die Route, die er sich ausgedacht hatte. »Als erstes liegt ein verhältnismäßig einfacher Marsch durch das Hochland vor Ihnen. Dann überqueren Sie mit dem Schiff den Tanganjikasee. Danach geht es mit der Eisenbahn weiter zum Kongo. Dort dürfte sich ohne Probleme ein Flußdampfer finden lassen, der Sie und Ihre Leute bis nach Bolobo mitnimmt. Anschließend folgt noch ein kurzer Marsch nach Franceville am Ogowe. Von dort werden Sie – wiederum per Schiff – nach Port Gentil gelangen.«

Es war eine anstrengende, lange und außerordentlich riskante Reise – wilde Tiere, kriegerische Eingeborene, fahnenflüchtige und marodierende Soldaten inklusive. Aus dem Munde des Colonels klang es allerdings so, als beschriebe er die Route für einen gemütlichen Einkaufsbummel.

Mathieu sah zu Major Boucher, der die Landkarte studierte und mit seinem scharfen militärischen Verstand bereits das Für und Wider eines solchen Unternehmens gegeneinander abwog.

»Es ist möglich, aber es wird bestimmt kein Sonntagsausflug«, kommentierte er nachdenklich. »Das Gelände ist unbarmherzig und fordert einem die letzten Reserven ab – wir müssen damit rechnen, sehr viele Männer dabei zu verlieren.«

»Gibt es denn keine Alternative?« fragte Indy. »Was ist denn mit den Franzosen in Port Gentil? Können die uns nicht helfen?«

Mathieu schüttelte den Kopf. »Leider nicht. Die haben keine Transportmöglichkeiten, die sie uns zur Verfügung stellen könnten«, sagte er. »Und was die Briten angeht – nun, wir können den Briten ganz einfach nicht trauen.«

Boucher gab ihm darin recht. Die Belgier neigten zum Mißtrauen anderen Nationen gegenüber und betrachteten besonders die, wie sie es bezeichneten, expansionistische Politik des britischen Empire in Afrika mit großer Skepsis.

Aber das war noch lange nicht alles, was Boucher störte. Er wandte sich an Mathieu. »Sie sagten, Monsieur le Colonel, daß wir den Weg von Bolobo nach Franceville zu Fuß zurücklegen sollen«, begann er. »Wäre es denn nicht besser, auf dem Kongo zu bleiben und mit dem Schiff bis zur Küste zu fahren? Von dort aus könnten wir dann das letzte Stück bis Port Gentil ebenfalls per Boot zurücklegen.«

Der Colonel hüstelte. »Fatalerweise gibt es entlang dieser Route einige Unruhen«, erklärte er. »Ich habe Nachricht erhalten, daß deutsche Agenten die einheimische Bevölkerung aufhetzen. Wir werden das schon bald wieder unter Kontrolle haben, aber vorerst ist es wohl ratsam, diese Gegend zu meiden, um unnötige Ausschreitungen zu verhindern.« Er machte eine kurze Pause, bevor er entschlossen fortfuhr: »Nein, meine Herren, es gibt wirklich keine andere Möglichkeit. Sie müssen sich auf den Weg machen, und zwar auf der Route, die wir gerade besprochen haben.« Mathieu rollte die Landkarte zusammen. »Haben Sie noch irgendwelche Fragen?«

Indy, Remy und Boucher schüttelten die Köpfe.

»Gut, dann sehen Sie zu, daß Sie noch eine Nacht Schlaf bekommen. Es dürfte für einige Zeit das letzte Mal sein, daß Sie in einem richtigen Bett liegen.«

Der Colonel ließ die Offiziere abtreten. Remy und Boucher verließen das Zelt, aber Indy wartete, bis er mit dem Colonel allein war.

»Ich möchte mich bei Ihnen für die Beförderung bedanken, Monsieur le Colonel«, sagte er.

»Sie haben es verdient, Captain«, sagte Mathieu. »Ohne Sie hätten wir die Verteidigungslinie der Deutschen niemals durchbrochen, von der Eroberung des Maschinengewehrs mal ganz abgesehen.«

»Ich bezweifle, daß Major Boucher das auch so sieht, Monsieur le Colonel«, sagte Indy. »Mit allem Respekt, Monsieur, aber ich frage mich, weshalb Sie ausgerechnet Major Boucher und mich für diese Expedition ausgesucht haben. Ich befürchte nämlich, daß es zu gewissen Reibereien zwischen uns kommen wird.«

»Das ist ganz einfach, Captain«, beantwortete der Colonel Indys Frage. »Der Major ist ein umsichtiger, erfahrener Soldat und sehr diszipliniert. Er ist daran gewöhnt, harte und schwierige Entscheidungen zu fällen. Und das sind Qualitäten, die Sie erst noch lernen müssen«, fügte er mahnend hinzu. »Andererseits braucht er Ihre Energie und Ihr Talent, und ich erwarte von Ihnen, daß Sie ihm Ihre volle Unterstützung geben.« Der Colonel lächelte Indy aufmunternd an. »Wenn das Unternehmen in den Händen von zwei derart vorbildlichen Soldaten liegt, haben wir, glaube ich, die besten Chancen, wirklich in den Besitz der Waffen zu gelangen.«

»Sie können sich auf uns verlassen, Sir«, versprach Indy.

»Captain Défense, ich verlasse mich bereits auf Sie«, antwortete der Colonel. »Und ich weiß, daß mein Vertrauen in Sie berechtigt ist.«

»Ich werde Sie nicht enttäuschen!« sagte Indy und salutierte.

Draußen sank die Sonne allmählich dem Horizont entgegen und badete den Dschungel in einem wundervollen rosafarbenen Licht. Remy wartete vor dem Zelt des Colonels auf Indy. Gemeinsam schlenderten sie durch das Lager zu einem kleinen gemütlichen Feuer, das die Askaris entfacht hatten.

Remys Laune war nicht die beste, und er mußte sich erst einmal Luft verschaffen. »Ein Treck quer durch Afrika!« schimpfte er. »Ich möchte bloß wissen, welcher Idiot sich das ausgedacht hat.«

»Es sind nur knapp dreieinhalbtausend Kilometer, Remy«, sagte Indy betont lässig. »Betrachte es doch einfach als einen kleinen Sonntagsspaziergang.«

»Einen Spaziergang?« Remy bedachte seinen Freund mit einem ausgesprochen unfreundlichen Blick. »Im Vergleich dazu waren die Schützengräben die reinste Freude! Wie wär's denn mit einem Ausflug dahin? Das wäre mir immer noch tausend Mal lieber, als noch einmal in diesen Dschungel zurückzukehren!«

Inzwischen hatten sie das Lagerfeuer erreicht, wo Barthélémy sie gutgelaunt begrüßte. Die Männer tanzten fröhlich und saßen singend um das Feuer herum. Sie feierten ihren Sieg über die Deutschen und die Watussikrieger. Als sie Indy entdeckten, brachen sie in lauten Jubel aus und riefen: »Mungu-kidogo! Mungu-kidogo!«

Remy sah Indy fragend an. »Hast du eine Ahnung, was das heißt?«

Indy errötete und warf einen hilfesuchenden Blick zu Barthélémy. »Es heißt ... äh ... kleiner Gott, nicht wahr?«

»Das ist richtig«, bestätigte der farbige Sergeant. »Die Askaris haben gesehen, wie Sie von der Kugel der Deutschen getroffen wurden und zu Boden gingen! Doch dann standen Sie wieder auf und waren lebendig! Die Männer haben beobachtet, wie Sie die Kugel einfach hochwürgten und ausspuckten! Das war ein sehr großer Zauber! Sie haben die Askaris zum Sieg geführt!«

Indy schüttelte den Kopf und zog das Medaillon unter seinem Hemd hervor. »Das ist überhaupt kein Zauber, Barthélémy«, beteuerte er. »Ich hatte nur Glück, das ist alles. Die Kugel hat dieses Medaillon getroffen, sehen Sie?« Er hielt es hoch, so daß alle es sehen konnten. Ein leises bewunderndes Raunen ging durch die Menge.

Doch Barthélémy war dadurch nur noch mehr beeindruckt. »Ein so kleines Ziel? Euer Zauber muß wirklich sehr stark sein!« sagte er, ergriff Indys Arm und hielt ihn hoch, wie man es bei einem siegreichen Boxer zu tun pflegt.

»Mungu-kidogo!« rief er. »Kleiner Gott! Er ist stärker und mächtiger als der Tod!«

Die Askaris jubelten erneut, und Indy lächelte verlegen. Remy sah seinen Freund mürrisch an.

»Zwei Beförderungen an einem Tag«, stellte er sarkastisch fest. »Zuerst zum Captain und jetzt zum Gott. Indy, du erstaunst mich.«

Indy und Remy trugen nur noch ihre Unterwäsche und bereiteten sich gerade darauf vor, schlafen zu gehen, da betrat Major Boucher das offene Zelt. Als sie ihn sahen, salutierten Remy und Indiana Jones wie es die Vorschrift gebot.

Boucher erwiderte weder den Gruß noch gestattete er ihnen, bequem zu stehen. Statt dessen trat er dicht an Indy heran und flüsterte zischend: »Herzlichen Glückwunsch, Monsieur le Captain.«

»Vielen Dank, Monsieur.«

»Dafür, daß wir alle wegen Ihnen beinahe ins Gras beißen mußten!« bellte der Major dann in sein Ohr. Indy zuckte zusammen, aber rührte sich immer noch nicht.

»Ihre heutige Leistung lieferte kaum einen Anlaß zur Beförderung – es war ganz einfach dumm!« fuhr Boucher wütend fort. »Wenn Sie noch einmal einen meiner Befehle mißachten, dann ziehe ich Ihnen die Haut beim lebendigen Leib ab und verfüttere Sie an die Hyänen! Ist das klar?«

Indy schluckte. »Völlig klar, Sir.«

Boucher betastete Indys Medaillon. »Sie haben ein unverschämtes Glück, Captain«, sagte er unwirsch. »Ich hoffe, es bleibt Ihnen erhalten – auf diesem Trip könnten wir alle ein wenig davon gebrauchen.«

Boucher erwiderte schließlich Indys und Remys Gruß und stampfte aus dem Zelt hinaus. Sobald er verschwunden war, atmeten die beiden vor Erleichterung auf. Indy ließ sich auf sein Bett fallen, das direkt neben Remys stand.

»Paß bloß auf, daß du dir diesen Mann nicht zum Feind machst, Indy«, warnte sein Freund ihn.

Indy winkte beschwichtigend ab. »Ich werde weiterhin kleine Brötchen backen«, versprach er. »Aber ich habe trotzdem meine Bedenken. Für den steht die Einhaltung der Dienstvorschriften doch über allem. Wenn er den Befehl führt, wer braucht dann noch die Deutschen?«

»Zum Glück haben wir ja auch noch deine große Zauberkraft.« Remy ließ sich ächzend auf sein Feldbett sinken. »Damit wirst du uns alle sicher aus jedem Schlamassel heraushauen. Gute Nacht, du großer weißer Zauberer ...«

4

Aufbruch ins Unbekannte

Sie machten sich am nächsten Morgen, als die ersten Lichtstreifen am Himmel den neuen Tag ankündigten, auf den Weg. In diesem Klima war es das Beste, so früh wie möglich aufzubrechen. Die Hitze würde ihnen noch früh genug zu schaffen machen und das Vorwärtskommen erschweren.

Als Indy und Remy aus ihrem Zelt traten, sich die Augen rieben, gähnten und sich reckten, sahen sie, daß Barthélémy bereits eine Gruppe von etwa dreißig Soldaten zusammengetrommelt hatte. Er vergewisserte sich gerade, daß bei den Männern alles in Ordnung war.

Major Boucher erwartete sie gemeinsam mit Leutnant Arnaud, einem Offizier Anfang Dreißig aus Lüttich, und Captain LaFleur, dem Kompaniearzt. Zufrieden, daß er nichts zu beanstanden hatte, kam Barthélémy zu Indy und Remy, die an der Spitze der Kolonne warteten.

Boucher gab Indy ein Zeichen. »Sie dürfen den Befehl zum Abmarsch geben, Captain«, sagte er.

»Achtung!« rief Indiana Jones mit lauter und energischer Stimme. »Ohne Tritt marsch!«

Der Trupp setzte sich unverzüglich in Bewegung. Indy konnte ein gewisses stolzes Herzklopfen nicht verleugnen, als er die Askaris mit ihren makellosen Uniformen und den glänzenden Stiefeln in den frühen Morgen hinausmarschieren sah.

Ihnen folgten etwa fünfzig Träger, die den Proviant und die zusammengelegten Zelte der Soldaten transportieren sollten. Vor ihnen lag die afrikanische Wildnis, eine der letzten unerforschten Regionen der Erde.

Für einen Europäer war es dort so unheimlich und fremd wie auf einem anderen Planeten. Das Gebiet, in das die Männer vordrangen, war voller verborgener Gefahren, und nicht ohne Grund hatte der erste europäische Forscher Afrika das »Grab des weißen Mannes« genannt.

Der Aufbruch der Einheit wurde groß gefeiert. Viele Eingeborene waren gekommen, um ihnen zuzuwinken, darunter die Frauen zahlreicher Träger. Als Indy diese Abschiedsszenen beobachtete, kam ihm der Verdacht, daß einige der Träger nicht ganz freiwillig mitmarschierten. Er dachte darüber nach, daß er als Weißer auf diesem Kontinent zu den Privilegierten gehörte, die die Schwarzen als Menschen zweiter Klasse betrachteten. Er verdrängte sein schlechtes Gewissen und versuchte, sich auf die vor ihnen liegenden Aufgaben zu konzentrieren.

Als die Mannschaft Colonel Mathieu passierte, der am Lagerausgang stand, winkte er ihnen zu und rief: »Viel Glück und vor allem viel Erfolg, meine Herren.« Dann salutierte er.

Die Offiziere erwiderten den Gruß. Indy hörte, wie Major Boucher neben ihm murmelte: »Mit etwas weniger guten Wünschen und einigen zusätzlichen Trägern sähen wir deutlich besser aus. Angefangen von der Munition bis hin zum Verbandszeug ist bei uns alles knapp. Von der Verpflegung ganz zu schweigen.«

Indy war erstaunt. So viel Kritik an seinen Vorgesetzten hätte er dem Major gar nicht zugetraut. War es etwa möglich, daß er sich in ihm täuschte, und Boucher doch nicht der sture Paragraphenreiter war, für den er ihn hielt?

Auf der ersten Etappe der Wanderung mußten sie das unendlich weite und hochgelegene Buschland Südafrikas durchqueren. Das Etappenziel war Kigoma am Ostufer des Tanganjikasees.

Die flache Savanne stellte sie kaum vor Probleme, und Indy hatte Zeit und Gelegenheit, die Herden von Zebras und Gazellen zu beobachten, die grasend durch das Land zogen und die Anwesenheit der Soldaten weitgehend ignorierten. In der Ferne konnten sie bereits die mächtigen Berge an den Ufern des Tanganjikasees sehen.

Ihr einziger Feind war die Sonne. Hier, in der Nähe des Äquators, stand sie praktisch den ganzen Tag genau über den Soldaten und schickte gnadenlos ihre glühenden Strahlen zu ihnen herab. Die Europäer trugen breitkrempige Hüte oder Tropenhelme, um sich vor der sengenden Hitze zu schützen, aber trotzdem kam es noch unzählige Male vor, daß sie im Schatten eines Baumes Schutz vor der unbarmherzigen Kraft der Sonne suchten.

Bei diesen kurzen Pausen ergriff Indy oft die Gelegenheit, seinem guten Freund T. E. Lawrence, der zur Zeit gerade gegen die Türken kämpfte und später einmal als Lawrence von Arabien historische Bedeutung erhalten sollte, einen Brief zu schreiben.

Lieber Ned,
in einem der Briefe, die ich von Dir erhielt, hast Du geschrieben, daß die Sonne Arabiens die heißeste und schlimmste der ganzen Welt sei. Ich widerspreche Dir nicht gerne, aber ich denke, daß die afrikanische Sonne Deine Meinung relativieren könnte. Ich komme mir vor wie in Gottes eigenem Feuerofen ...

Bereits zwei Tage, nachdem sie das Camp verlassen hatten, erreichten sie das Ufer des Tanganjikasees, wo ein Dampfer auf sie wartete, der sie quer über den See nach Albertville am gegenüberliegenden Ufer bringen sollte.

Albertville, 1966 in Kalemie umbenannt, war eine wichtige Zwischenstation auf der Eisenbahnstrecke, die von dort westwärts nach Kabola am Lualabafluß und dann nordwärts bis zur Stadt Kindu verlief.

Die Eisenbahn war auf dem afrikanischen Kontinent noch eine neuere technische Errungenschaft für den Transport von Waren und Arbeitern. Anfang des 19. Jahrhunderts umfaßte das Schienennetz in Belgisch Kongo nur einige hundert Kilometer, doch mit dem Ausbruch des Krieges wurde der Ausbau der Strecken energisch vorangetrieben.

So bequem es aber auch schien, sich über weite Strecken fahren zu lassen, war die Fahrt an sich alles andere als eine komfortable Angelegenheit. Indy und seine Gefährten saßen eingezwängt in engen Abteilen neben Eingeborenen, europäischen Händlern, lebendigen Ziegen und Hühnern. Mit mäßiger Geschwindigkeit ratterte der Zug durch die sonnendurchglühte Landschaft.

Trotz der ständigen Unruhe durch die anderen Passagiere, die in der Eisenbahn ein fröhliches Lagerleben führten, fand Indy immer noch genügend Zeit, um seinen Brief an Ned fortzusetzen. Er erinnerte sich wieder an Neds Gründe, die ihn nach Arabien geführt hatten: Der britische Archäologe wollte die Araber von der türkischen Herrschaft befreien.

Ich glaube, unsere Aufgabe in Afrika gleicht in vielen Punkten der Situation in Arabien, wie Du sie mir einmal beschrieben hast. Ich habe oft genug gehört, wie meine Männer den Wunsch nach dem Leben in einer geeinten eigenen Nation äußerten. Ich bezweifle, daß Afrika unter deutscher Herrschaft jemals die Selbstbestimmung erlangen kann, die es sich wünscht. Aber nach dem Blutvergießen hier und mit unserer Führung und Hilfe werden die Dinge sich vielleicht ändern ...

Kindu markierte das Ende der ersten und leichtesten Etappe. Von dort aus kam man nur noch mit dem Raddampfer weiter. Port Empain war eine Stadt an den Ufern des Kongo, und Indy sah diesen mächtigen Fluß zum ersten Mal in seinem Leben.

Als zweitgrößter Strom Afrikas und einer der längsten Flüsse der Erde war es nicht verwunderlich, daß er allgemein als der »Fluß, der alle anderen Flüsse verschlingt« bezeichnet wurde. Im Süden des Tanganjikasees entspringend, schlängelt und windet er sich durch das Kernland des afrikanischen Kontinents, überschreitet den Äquator nicht nur einmal, sondern zweimal und versorgt ein ganzes System anderer großer Flüsse wie den Ubangi und den Kasai, bis er seine knapp viereinhalbtausend Kilometer weite Reise im Atlantik beendet.

An einigen Stellen ist der Kongo so breit, daß ganze Inselgruppen mitten im Strom liegen; immerhin mißt er an seiner breitesten Stelle, dem Mündungstrichter zum Atlantischen Ozean, vierzig Kilometer von Ufer zu Ufer. In anderen Abschnitten wiederum ist er höchstens als kleines Flüßchen zu bezeichnen. Er fließt stellenweise durch die unwirtlichsten dem Menschen bekannten Regionen. Endloser düsterer Wald scheint sich aus der Dunkelheit von beiden Seiten auf den Fluß zuzuschieben, so daß es manchmal schwerfällt zu entscheiden, wo der Fluß aufhört und wo der Dschungel beginnt. Krokodile lauern träge in den schlammigen Fluten, und viele der Teiche und Tümpel im Uferbereich dienen Elefanten und anderen Tieren als Tränken, die sie regelmäßig aufsuchen.

Im tiefen Dschungel lebten zahlreiche kleine Stämme, die nur selten Kontakt zu Weißen hatten. Das einzige Zeichen für ihr Vorhandensein war meistens der Klang ihrer Trommeln, wenn sie die anderen Stämme vor der Vorbeifahrt eines Dampfers oder Bootes warnten.

Wenn ein Weißer sich in der dunkelgrünen Hölle des Dschungels verirrte, hatte er kaum eine Überlebenschance. Viele Stämme im Busch waren ausgesprochen kriegerisch und betrachteten jeden Fremden, vor allem, wenn er eine andere Hautfarbe hatte, als Feind.

Diese Gedanken beschäftigten Indy, während das Schiff schwerfällig flußabwärts nach Bolobo dampfte. Ihm fiel auf, daß Barthélémy den Fluß zwar mit einem gewissen Respekt behandelte, aber nicht diese Art von Ehrfurcht an den Tag legte, die man bei Indy und seinen europäischen Begleitern erleben konnte. Aber schließlich war Barthélémy auch in Afrika geboren worden, und der Fluß war für ihn nichts Schreckliches oder Angsteinflößendes.

Sergeant Barthélémy verkörpert genau das, was an diesem Land gut ist. Er hat einen starken Charakter, ist von Herzen treu und aufrichtig und voller Mut und Entschlossenheit. Für ihn und seinesgleichen kämpfen wir, damit seine Nachkommen eines Tages Herren im eigenen Land sein können ...

Hinter Bolobo begann die unsichere Region, vor der Colonel Mathieu seine Untergebenen gewarnt hatte, sie mußten die nächste Etappe ihrer Wanderung nach Franceville zu Fuß überwinden.

Als sie in Bolobo anlegten, wartete bereits eine lange Schlange von Eingeborenen, um sich als Träger anheuern zu lassen. Während Boucher die Männer aussuchte und die eingeborenen Führer mit ihm um die Bezahlung der Männer feilschten, betrachteten Indy und Remy mit gemischten Gefühlen den Dschungel, der bis dicht an die Stadt heranreichte.

Von hier an waren sie endgültig auf sich allein gestellt, und es gab niemanden, an den sie sich wenden konnten, damit er ihnen half. Sobald sie sich in diese düstere und von rätselhaftem Leben bevölkerte Welt vorgewagt hätten, würde es so schnell kein Zurück mehr geben ...

5

In einer anderen Welt

Die ersten Tage ihrer Wanderung durch den Dschungel waren mühsam und eintönig gewesen. Seit mehreren Tagen kämpften die Belgier und die Askaris sich nun schon durch diese Hitze, bahnten sich mit Hilfe ihrer langen Buschmesser einen Weg durch die Undurchdringlichkeit, widerstanden immer wieder aufs Neue der Versuchung, einem verräterischen Pfad zu folgen, der sie damit lockte, daß er nicht von Dickicht und Schlingpflanzen zugewuchert war.

Häufig mußten sie auch mehr oder weniger breite Flüsse überqueren. Bislang hatten sie kaum Anzeichen irgendwelcher Lebewesen gefunden, von einer gelegentlichen Schlange oder anderen Reptilien einmal abgesehen.

Die Sonne brannte mit unverminderter Wucht unbarmherzig auf sie nieder. Gesteigert wurde die Qual noch durch Tausende von Insekten, die sich gierig auf sie stürzten und sich auf dem kleinsten Fleckchen freier Hautfläche niederließen, um Blut zu saugen. In Verdun konnte man seinen Feind wenigstens sehen, dachte Indy, aber hier scheinen die Moskitos überall und so gut wie unsichtbar zu sein.

Jeden Abend, wenn sie ihr Lager aufschlugen, zündeten sie zuerst ein loderndes Feuer an. Dann half Indy dem Kompaniearzt Captain LaFleur, die Männer zu behandeln. Einige klagten über heftige Kopf- und Rückenschmerzen, und mehrere von ihnen litten unter Fieberanfällen. Als Indy den Arzt nach den Ursachen dieser Beschwerden fragte, wandte LaFleur sich mit einem besorgten Ausdruck in den Augen ab.

»Ich kann nur hoffen, daß mein Verdacht sich als

falsch erweist«, sagte er. Indy schrieb dazu wenig später in sein Tagebuch:

Ich habe oft gehört, wie gesagt wurde, wir hätten von den Kugeln des Feindes weniger zu befürchten als von den Krankheiten und Parasiten, mit denen Gott dieses Land gestraft hat. Der Tod lauert überall – in der Luft, die wir atmen, in den Speisen, die wir essen, in dem Wasser, das wir trinken. Er kriecht durch das Erdreich zu unseren Füßen ... Ich kann mir nicht vorstellen, daß es den Deutschen besser ergeht ... Allmählich frage ich mich, ob wir nicht alle im Grunde nicht gegen den falschen Feind kämpfen ...

Am darauffolgenden Tag – sie hatten gerade einen Gebirgskamm bewältigt, zu dessen Füßen sich ein Tal erstreckte – konnten sie tief unter sich die Holzhütten eines Dorfes erkennen. Indy warf Boucher einen fragenden Blick zu, als der Major den Befehl zum Anhalten gab. Seine Miene spiegelte tiefe Besorgnis wider, während er durch das Fernglas schaute und nach irgendwelchen Lebenszeichen suchte.

»Das ist seltsam ...«, murmelte Major Boucher halblaut.

»Sir?« Indy hatte ihn nicht richtig verstanden.

Boucher gab das Fernglas an den Captain weiter. »Eigentlich hätten die Dorfbewohner uns längst bemerken müssen«, sagte er. »Diese Stämme sind normalerweise sehr wachsam und neugierig. Zumindest die Männer müßten doch herauskommen und nachschauen, ob irgendeine Gefahr droht – aber ich kann da unten keine Menschenseele entdecken ...«

Die Askaris und die Träger wurden unruhig und flüsterten untereinander.

»Meinen Sie, daß die Deutschen damit etwas zu tun haben, Monsieur le Major?« fragte Indy.

Boucher schüttelte den Kopf. »Nicht so weit im Westen. Es könnten Deserteure gewesen sein, die plündernd und mordend durch das Land ziehen ...«

Boucher überlegte einige Sekunden lang, dann gab er den Befehl, die Kolonne solle sich mit äußerster Vorsicht an das Dorf heranschleichen.

Sie brauchten ungefähr eine gute halbe Stunde, bis sie die Siedlung erreichten. Während sie sich dem kleinen Ort näherten, nahmen sie die Gewehre von den Schultern und hielten sie schußbereit. Die Soldaten verteilten sich in alle Richtungen, sahen sich nervös um und rechneten jeden Moment mit einem Angriff aus dem Hinterhalt.

Es ist unnatürlich ruhig, dachte Indy.

Normalerweise herrschte in einem Dorf dieser Größe einiger Lärm, doch die einzigen Geräusche, die man jetzt wahrnehmen konnte, waren das Plätschern des Wassers in einem nahe gelegenen Flüßchen und das unvermeidliche Gesumme der Insekten. In der Luft lag außerdem ein furchtbarer Gestank, der Indy irgendwie an die Schützengräben vor Verdun erinnerte.

Remy schien diesen Geruch ebenfalls wiederzuerkennen, konnte ihn jedoch nicht so richtig einordnen. Barthélémy, der neben ihnen stand, schüttelte den Kopf. »Das ist ein schlimmer Ort, Captain«, sagte er, »ein sehr schlimmer Ort.«

Einer der Askaris stieß einen lauten, aufgeregten Schrei aus und zeigte auf etwas, das halb verborgen im Gras neben einer der Hütten lag. Leutnant Arnaud rannte hinüber.

»Major!« rief er. »Hier drüben liegt ein Toter!«

Der Askari hatte die Leiche eines jungen männlichen Eingeborenen entdeckt, der etwa in Indys Alter gewesen sein mußte. Er war offensichtlich schon seit einigen Tagen tot, und unzählige Fliegen umkreisten summend den Leichnam. An dem Körper waren keinerlei Wunden oder Verletzungen zu erkennen, doch große Teile seines Leibes waren mit häßlichen Schuppen bedeckt.

»Los, durchsucht die Hütten!« befahl Boucher.

Während sich die anderen in kleinere Gruppen aufteilten, betraten Indy und Remy die ihnen am nächsten gelegene Hütte. Sie schoben die Grasmatte beiseite, die als Tür diente, und mußten sich angesichts des Gestanks, der daraufhin nach draußen drang, zusammennehmen, um nicht den gesamten Mageninhalt – was zugegebenermaßen nicht viel war – in der Landschaft zu verstreuen.

Sie wußten, welchen Ursprung dieser Geruch hatte, sie kannten ihn leider nur zu gut. In einer Ecke des Raums lagen wie achtlos auf einen Haufen geworfen sechs oder sieben Leichen. Doch das schlimmste waren die Maden, Hunderte von Maden, die überall auf den Körpern der Toten herumkrochen.

Remy bekreuzigte sich hastig, und sie verließen schnellstens die Hütte, bevor ihr revoltierender Magen doch noch die Oberhand gewann. In den anderen Hütten des Dorfs sah es genauso aus. Nicht einer der Bewohner hatte dieses Grauen überlebt.

»Was zum Teufel ist hier bloß passiert?« wollte Boucher wissen.

»Variola«, stellte LaFleur sachlich fest. »So wie es aussieht, haben hier die Blattern gewütet«, erklärte er, als er bemerkte, daß die Männer ihm nicht folgen konnten. Ihre entsetzten Gesichter zeigten ihm, daß die Soldaten seine Worte jetzt verstanden hatten.

»Das ganze Dorf ist an den Pocken gestorben?« fragte Indy ungläubig, und LaFleur nickte. Dieser Virus war einer der gefürchtetsten in Afrika. Die Krankheit brach fast immer epidemieartig aus und suchte ganze Landstriche heim. Es handelte sich um eine hochgradig ansteckende Seuche, und die Ärzte konnten nur machtlos zusehen, da sie kein Mittel fanden, sie einzudämmen oder gar auszurotten.

Ein entsetzter Schrei von Barthélémy schreckte sie auf. Der Sergeant hatte sich etwas weiter von ihnen entfernt und stand unten am Fluß. Sie konnten nur sehen, daß er sich über irgend etwas beugte.

Erst als sie näher kamen, erkannten sie, daß Barthélémy vor der Leiche eines alten Mannes stand, dessen Gesicht von den äußeren Anzeichen der Blattern fleckig und rissig war. Ein langer dünner Strick war um das Handgelenk des alten Mannes gebunden, und am anderen Ende des Stricks, der an eine lange Hundeleine erinnerte, hing ein kleiner Junge, etwa fünf Jahre alt und sehr lebendig. Er war verdreckt und mit Lumpen bekleidet, und er sah die Soldaten aus großen, vertrauensvollen Augen an.

Nachdem er offensichtlich beschlossen hatte, daß Indy und die anderen keine direkte Bedrohung für ihn darstellten, beachtete der kleine Junge sie nicht länger und tapste zu dem Bach hinunter, befeuchtete einen alten Lappen mit frischem Wasser und kehrte damit zu dem alten Mann zurück. Die Soldaten beobachteten fasziniert und gerührt, wie er die Stirn und die Brust des Mannes mit dem nassen Lappen zu kühlen versuchte.

»Was tut er da?« fragte Indy.

»Er pflegt den alten Mann«, erwiderte LaFleur. »Das arme kleine Ding hat keine Ahnung, daß der Mann längst tot ist.«

Indy kniete sich nieder und lächelte den kleinen Jungen an. Der Junge erwiderte Indys Blick mit einem Gesichtsausdruck, als hätte er es mit einem seltsamen unbekannten Tier zu tun. Er hatte wohl noch nie zuvor einen Weißen gesehen. Doch sein offenes neugieriges Wesen nahm die Soldaten direkt für ihn ein.

Barthélémy bückte sich ebenfalls und streckte die Hände nach dem Jungen aus, doch Boucher riß ihn grob und hastig zurück.

»Fassen Sie ihn nicht an!« zischte er. »Er ist krank!«

Barthélémy betrachtete den Jungen etwas eingehender. Er war ein wenig unterernährt, aber ansonsten sah er recht gesund aus.

»Aber Monsieur le Major, wenn wir den Jungen nicht anfassen dürfen, wie sollen wir ihn denn dann mitnehmen?« fragte er.

»Wir werden ihn nicht mitnehmen, Sergeant«, sagte Boucher. »Wir werden ihn genau dort lassen, wo er jetzt ist.«

Indy richtete sich auf. »Aber Sir, er ist nur ein kleiner Junge ...«

»Na und?«

»Er kann nicht selbst für sich sorgen«, protestierte Indy. »Wenn wir ihn hier zurücklassen, wird er sterben ...«

»Er ist doch jetzt schon so gut wie tot, Captain«, erwiderte Boucher kalt. »Ich werde nicht dulden, daß er aus irgendwelchen sentimentalen Gründen bei uns aufgenommen wird, damit er seine Krankheit unter unseren Männern verbreiten kann.«

»Monsieur le Major, das sehe ich grundlegend anders.«

Boucher errötete leicht und zog Indy beiseite. »Sie reagieren völlig irrational, Captain«, sagte er leise, so daß die anderen ihn nicht hören konnten. »Sie dürfen nicht zulassen, daß Gefühle Ihre sachliche Urteilsfähigkeit beeinträchtigen. Ein guter Offizier muß erkennen, daß nur eine falsche Entscheidung seine Männer und damit die ganze Mission in Gefahr bringen kann.«

Indy nickte widerstrebend. Es war herzlos, aber er mußte zugeben, daß Boucher recht hatte. »Jawohl, Monsieur le Major.«

Boucher lächelte, noch nicht einmal unfreundlich, dachte Indy. »Eine vernünftige Entscheidung, Captain, rational und pflichtbewußt. Nun – wir haben eine Mission.« Er wandte sich wieder an Remy und Arnaud. »Lassen Sie die Männer antreten. In zwei Minuten geht es weiter.«

Remy und Arnaud salutierten und marschierten mit Boucher davon. Barthélémy, der den kleinen Jungen losgebunden hatte und mit ihm spielte, richtete sich auf und kam zu Indy herüber.

»Lassen Sie den Jungen zurück, Captain?« fragte er.

Indy nickte schuldbewußt. »Ich habe hier nicht das Kommando«, verteidigte er sich.

»Dieses Kind ist ein Schwarzer, genau wie ich«, sagte der Sergeant. »Würden Sie den Jungen auch hier sterben lassen, wenn er eine weiße Haut hätte, Captain?«

Indy krümmte sich unter Barthélémys anklagendem Blick. »Befehl ist Befehl«, sagte er. »Und jetzt sammeln Sie Ihre Männer, Sergeant Barthélémy! Sie haben doch gehört, was der Major gesagt hat!«

Am nächsten Tag befand sich die Gruppe bereits tief im Dschungel. Die Bäume waren so hoch und standen so dicht zusammen, daß sie den Himmel verbargen, und das Laub und das Unterholz waren so dicht, daß ohne den Einsatz von Buschmessern überhaupt nicht an ein Vorankommen zu denken war.

Die Luft war erfüllt von dem Geschrei der Vögel und Affen, vom Summen der exotisch anmutenden Insekten und dem gelegentlichen weit entfernten Gebrüll irgendeines Raubtieres. Kobras und Puffottern schlängelten sich lautlos und unsichtbar durchs Unterholz, und mehr als einmal wurde Indy der Sinn der festen hohen Stiefel bewußt, die er und die anderen Männer trugen. Verdeckt durch das dichte Laub hingen Pythonschlangen im Baumgeäst und verfolgten gleichgültig, wie die Kolonne unter ihnen vorbeizog.

Wie aus heiterem Himmel geriet einer der Askaris, die vor Indy marschierten, ins Schwanken und stürzte wenige Schritte weiter zu Boden. Indy rannte zu ihm. Der Mann zitterte offenbar vor Kälte, doch als Indy eine Hand auf seine Stirn legte, war sie glühend heiß. Der Soldat war schweißgebadet, und das Weiße seiner Augäpfel hatte einen gelblichen Farbton angenommen.

LaFleur kam in Begleitung Bouchers angelaufen und untersuchte ihn. Die Lippen des Mannes waren geschwollen, und seine Zunge wies eine hellrote Färbung auf.

»Die Blattern?« fragte Boucher.

Der Arzt schüttelte den Kopf und sah seinen schlimmsten Verdacht bestätigt. »Gelbfieber«, sagte er knapp. Das kam einem Todesurteil für den Soldaten gleich.

Diese Krankheit war in ganz Afrika, vor allem aber an der Westküste, weitverbreitet. Wenn sie nicht rechtzeitig diagnostiziert wurde, führte sie innerhalb weniger Tage zum Tod des Erkrankten.

LaFleur drehte sich zu den anderen Männern um. Einige von ihnen sahen ebenfalls schwach und krank aus.

»Den anderen geht es auch nicht gut. Viel länger können sie sich nicht mehr auf den Beinen halten«, stellte er besorgt fest.

»Dann werden wir sie eben zurücklassen müssen«, erklärte Boucher entschlossen.

»Major, wir können die Männer doch nicht einfach im Dschungel liegenlassen, damit sie von wilden Tieren gefressen werden«, protestierte Indy.

»Und was, meinen Sie, sollen wir statt dessen tun?« fragte der Major sarkastisch. »Sie uns auf den Rücken laden und mitschleppen?«

»Wenn es notwendig ist – ja«, sagte Indy.

»Captain, wir haben einen Auftrag, der ausgeführt werden muß. Da ist kein Platz für irgendwelche Samaritergefühle. Wenn wir uns mit diesen kranken Soldaten aufhalten, werden wir alle in diesem Dschungel sterben«, sagte Boucher. »Sehen Sie das jetzt endlich ein!« Er wandte sich an LaFleur. »Verteilen Sie Notrationen an die Männer. Vielleicht gelingt es ihnen, sich nach Bolobo durchzuschlagen.«

Der Blick, mit dem Indy Boucher fixierte, war eine

einzige stumme Anklage. Beide wußten, daß die Männer nur eine geringe Chance hatten, aus eigener Kraft aus dem Dschungel herauszukommen.

»Zuerst ein Kind, und jetzt diese Männer«, sagte er. »Wen lassen Sie als nächsten zurück, Major?«

»Jeden, der eine Gefahr für das Leben der anderen darstellt, Captain«, erwiderte der Offizier mit Nachdruck und ging davon.

LaFleur blickte von dem Kranken hoch. Er konnte Indys Empfindungen und seine Reaktion sehr gut verstehen, doch er wußte auch, daß der Major recht hatte.

»Dieses Jahr verlor das Zweite Rhodesische Regiment sechsunddreißig Soldaten im Kampf«, sagte er, »und zehntausend durch Krankheiten. So liegen die Dinge nun mal in diesem Krieg.«

»Aber das kann doch nicht die Rechtfertigung für eine solche Entscheidung sein ...«

»Boucher weiß, was er tut«, sagte Remy, der auf einmal hinter ihnen stand. »Schon möglich, daß sie nur eine äußerst geringe Chance haben, Bolobo zu erreichen. Aber wenigstens haben sie eine. Wenn sie bei uns bleiben, kann ihnen niemand helfen, und hier sind sie dem sicheren Tod geweiht.«

»Sie schaffen es nicht«, sagte Indy knapp und schaute zu den acht Männern hinüber, die gerade zusammengerufen wurden, um ihren Proviant in Empfang zu nehmen.

»Es ist schwer zu verstehen, ich weiß, und es ist immer wieder eine schmerzhafte Erfahrung«, sagte La-Fleur mitfühlend. »Betrachten Sie es einfach so, als ließen wir unsere Gefallenen auf einem Schlachtfeld zurück.«

Indy runzelte die Stirn.

»Das ist ein bißchen schwierig, wenn die Augen dieser Gefallenen noch lebendig genug sind, um einen anklagend anzusehen ...«

6

Ein »blinder Passagier«

An diesem Abend saßen Indy und Remy gemeinsam am Lagerfeuer und verzehrten ihr Abendbrot – falls man es überhaupt so nennen konnte. Als Hauptgang hatten sie eine braune Flüssigkeit zu sich genommen, die, wollte man dem Etikett auf der Konservendose Glauben schenken, ein Fleischeintopf sein sollte. Jetzt waren sie gerade dabei, ihr Dessert zu verspeisen – eine frisch gepflückte Frucht.

Remy betrachtete seinen Blechteller und schüttelte nachdenklich den Kopf. »Weißt du, in einem Feinschmeckerrestaurant in Frankreich müßtest du wahrscheinlich ein Vermögen für derart exotisches Obst bezahlen. Aber im Augenblick würde ich alle Früchte des Dschungels liebend gern gegen einen Teller Pommes frites eintauschen. Aber belgische müßten es schon sein, denn die sind die besten der Welt.«

Remy aß die Frucht mit Messer und Gabel. Er schnitt ein Stück davon ab und spießte es auf die Gabel. Auf halbem Weg zum Mund stoppte er plötzlich in seiner Bewegung.

»Ich möchte bloß wissen, ob ich jemals wieder Pommes frites in meinem Stammrestaurant in Brüssel essen werde. Ich frage mich sogar, ob ich überhaupt Brüssel wiedersehe.«

Er sah zu Indy, der mit Kompaß und Lineal über eine Landkarte gebeugt dasaß.

»He, mein Freund, wie weit haben wir es denn noch, bis wir wieder eine zivilisierte Gegend erreichen? Oder glaubst du etwa immer noch, daß wir uns verlaufen haben?«

Indy schüttelte ungehalten den Kopf.

»Remy, ich saug' mir das nicht aus den Fingern. Ich habe mir das jetzt zwei- und dreimal angesehen, und ich komme immer wieder zum gleichen Ergebnis«, sagte Indy mit ärgerlichem Ton, während er die Landkarte betrachtete. »Laut Boucher sind wir dort« – er wies auf einen Punkt auf der Landkarte –, »aber tatsächlich befinden wir uns ganz woanders, nämlich irgendwo hier.« Er zeigte vage mit dem Finger auf ein Gebiet, das irgendwo außerhalb der Karte lag. Das verlieh seinen Ausführungen kaum die nötige Überzeugungskraft.

Remy hob gleichgültig die Schultern, er schien die Bedeutung dieser Feststellung gar nicht zu begreifen. Für ihn war ein Urwald wie der andere.

»Bist du sicher?«

»Ja«, beteuerte Indy, aber seine Stimme spiegelte wenig von dieser Sicherheit wider. »Aber bevor ich damit zu Boucher gehe, muß ich *hundertprozentig* sicher sein. Den muß man ja direkt mit der Nase darauf stoßen, sonst sieht und begreift er gar nichts. Ich müßte andere Landkarten haben, größere, genauere. Vielleicht glaubt er mir dann ...«

»Die Landkarten liegen bei Sergeant Barthélémy«, sagte Remy. »Wenn es dich beruhigt, gehe ich sie holen.«

Er stand auf, und Indy hörte, immer noch über die Karte gebeugt, wie seine Schritte sich entfernten. Aber schon wenige Sekunden später kamen sie in hastigem Tempo wieder zurück.

Indy saß immer noch grübelnd da und versuchte, einen definitiven Beweis für seine Behauptungen zu finden. Ganz sicher konnte er sich wirklich nicht sein. Der Portugiese Diego Cão hatte den Kongo 1482 entdeckt, und große Teile waren noch immer unerforscht. Man konnte sich daher auf die Genauigkeit der Landkarten nicht unbedingt verlassen.

Remy klopfte Indy leicht auf die Schulter.

»Indy, kann ich dich mal sprechen?« flüsterte er.

Indy schaute zu ihm auf. »Wo sind die Karten?« fragte er.

»Es dauert nur einen Moment«, sagte Remy mit Nachdruck und machte eine Kopfbewegung zu Barthélémys Zelt hinüber.

»Gibt es Probleme?« fragte Indy im Flüsterton.

»Nur eins. Ein im wahrsten Sinne des Wortes kleines Problem, aber sicher mit einer Riesenwirkung«, sagte Remy. »Es dauert nur eine Minute.«

Indy seufzte und folgte seinem Freund hinüber zum Zelt des Sergeanten. Remy achtete übertrieben hektisch darauf, daß sie niemand beobachtete, als sie das Zelt betraten. Ehe Indy Gelegenheit hatte, ihn zu fragen, weshalb er so geheimnisvoll tat, entdeckte er Barthélémy. Der Sergeant saß auf dem Boden des Zeltes und fütterte den kleinen schwarzen Jungen, den sie in dem Ubangidorf gefunden hatten.

»Meine Glückwünsche, es ist ein Junge«, sagte Remy.

»O mein Gott«, stöhnte Indy. »Er hat den Jungen tatsächlich mitgenommen.«

Barthélémy grinste verlegen und fuhr dann fort, dem Kind Essenshappen in den Mund zu schieben.

»Wo haben Sie ihn versteckt?« fragte Indy. Es kostete ihn Mühe, seine Stimme leise zu halten.

»Bei den Trägern hinten«, erwiderte der schwarze Sergeant und sah ihn trotzig an. »Was werden Sie mit mir machen, Monsieur le Captain?«

Indy schlug wütend mit der Faust auf den Boden.

»Verdammt noch mal, Sergeant! Wie konnten Sie mich nur in eine solche Lage bringen!«

Barthélémy sah ihn unschuldig an.

»Aber Sie wußten doch gar nicht, daß ich den Jungen mitgenommen habe«, wehrte er sich.

»Aber ich trage die Verantwortung«, erklärte Indy. »Und wenn Boucher Sie erschießen läßt, dann fällt auch das unter meine Verantwortung! Verstehen Sie das denn nicht?«

»Und was wirst du jetzt tun?« fragte Remy besorgt.

Indy zuckte mit den Schultern. »Diese Sache können wir nicht geheimhalten. Es ist besser, wenn Boucher die Information direkt von mir bekommt. Vielleicht kann ich ihn ein wenig besänftigen, und es wird nicht so schlimm.«

Und vielleicht können dann auch Schweine fliegen, dachte Indy, während er das Zelt verließ. Man muß nur fest genug dran glauben.

Indy wollte diese Angelegenheit so schnell wie möglich hinter sich bringen. Er ging zu Boucher und klopfte an die Holzstange, die zur Befestigung des Zeltes diente.

»Ich fühle mich nicht wohl«, erklang die Stimme des Majors. »Ist es wichtig?«

»Ich denke schon, Monsieur le Major«, antwortete Indy und trat ein. Der Major saß in eine Decke gehüllt am Tisch und studierte im Licht einer Petroleumlampe die Landkarte. Er sah tatsächlich blaß und krank aus. Captain LaFleur brühte ihm gerade eine Tasse heißen Tee auf.

Boucher schlug mit der Faust auf die Landkarte. »Was ist das für eine Antwort? Ist es nun wichtig oder nicht?«

Indy hätte sich vor Wut selbst in den Hintern treten können. Er hatte es völlig falsch angefangen ...

»Doch, es ist wichtig. Es geht nämlich um das Kind, Monsieur le Major, das Kind aus dem Dorf. Der Junge befindet sich in unserem Lager.«

Boucher hob den Kopf und giftete Indy wütend an. »Wer hat meine Befehle mißachtet?« fragte er. Seine Stimme klang heiser.

»Es scheint so, als sei der Junge uns gefolgt«, nahm Indy Zuflucht zu einer Lüge. »Die Träger haben ihn dann aufgenommen. Als Sergeant Barthélémy den Kleinen entdeckte, machte er mir sofort Meldung.«

»Ich verstehe ...« Es war deutlich zu sehen, daß Boucher Indys Geschichte nicht den geringsten Glauben schenkte.

»Die Träger wußten nichts von Ihrem Befehl, Monsieur le Major. Ich hatte versäumt, sie entsprechend zu instruieren. Die Schuld liegt allein bei mir. Ich übernehme dafür die volle Verantwortung.«

»Sehr anständig, Captain«, sagte Boucher grimmig. »Aber das ändert die Lage auch nicht mehr. Wenn wir morgen früh aufbrechen, dann sorgen Sie dafür, daß das Kind nicht mehr dabei ist.«

»Der Junge hat es immerhin bis hierher geschafft, Monsieur le Major«, wandte Indy ein. »Er scheint in recht guter Verfassung zu sein. Vielleicht ...«

Boucher warf einen Blick zu LaFleur, der mit den Schultern zuckte. »Wenn er die Pocken hätte, müßten die ersten Symptome längst zu sehen sein. Höchstwahrscheinlich wäre er sogar schon gestorben.«

»Das ist nicht die Antwort, die ich hören wollte«, zischte Boucher. Er zitterte am ganzen Körper, ob ausschließlich vor Wut oder wegen seiner Fieberanfälle, ließ sich nicht eindeutig entscheiden. »Können Sie mir ohne den geringsten Zweifel versichern, daß das Kind nicht mit der Krankheit infiziert ist? Unser aller Leben hängt von dieser Antwort ab.«

LaFleur zögerte. Er hatte wenig Lust, zusätzliche Verantwortung auf sich zu laden. »Mit absoluter Sicherheit kann ich das natürlich nicht ausschließen. Entsprechende Untersuchungen lassen sich zumindest hier im Dschungel nicht durchführen.«

Boucher lächelte zufrieden und drehte sich zu Indy um. »Da haben Sie Ihre Antwort, Captain. Die einzige vernünftige Entscheidung«, fuhr er fort, »lautet: Lassen Sie den Jungen hier. Wenn es gar nicht anders geht, binden Sie ihn von mir aus an einen Baum.«

Ein Blick in Bouchers Gesicht reichte, und Indy wußte, daß er auf diese Entscheidung seines Vorgesetzten nichts erwidern konnte.

Remy spielte mit dem kleinen Jungen in Barthélémys Zelt, als Indy zurückkam. Beide lachten, als er eintrat, dann sahen sie ihn gespannt an.

»Was war beim Major?« fragte Remy.

»Ich dachte schon, jeden Moment platzt ihm eine Ader oder ihm springen die Augen aus dem Kopf«, erwiderte Indy kichernd. Er versuchte verzweifelt, dem Ganzen etwas Spaßiges abzugewinnen. »Er sah aus, als wollte ihm der Schädel explodieren. Deshalb mußte ich ein wenig lügen.«

Remy nickte anerkennend. »Das ist immer eine gute Taktik ...«

»Was ist denn nun mit dem Kleinen?« unterbrach Barthélémy die beiden Offiziere.

Indy starrte zu Boden und wich dem Blick seines Sergeanten aus. Es hatte keinen Zweck, den Tatsachen auszuweichen.

»Er darf nicht mitkommen«, antwortete er traurig. »Es tut mir leid, aber es war wirklich nichts zu machen. Er hat ausdrücklich befohlen, ihn zurückzulassen.«

Barthélémys Stimme war voller Haß, als er erwiderte: »Major Boucher ist ein schlechter Mensch. Ein Ungeheuer!«

»Er versucht nur, das zu tun, was für seine Männer am besten ist«, verteidigte Indy ihn halbherzig. »Also auch für Sie.«

Ihm war klar, daß das, was er sagte, nicht der Wahrheit entsprach. Er kam sich schäbig und verlogen vor.

»Soll das heißen, daß es zu meinem Wohl geschieht, wenn der Junge getötet wird?« fragte Barthélémy erbost. »Bin ich danach vielleicht ein besserer Soldat?«

»So habe ich das nicht gemeint ...«, sagte Indy und sah verlegen zum Zeltausgang.

In diesem Moment beneidete Indiana Jones seinen Vorgesetzten sogar ein wenig. Leute wie Boucher gingen im großen und ganzen unbehelligt durchs Leben. Sie nahmen Befehle in Empfang und gaben welche. Und sie waren immer gedeckt, weil es immer jemanden gab, auf den sie die Verantwortung abwälzen konnten.

»Major Boucher interessiert sich nur für das, was für Major Boucher am besten ist!« schimpfte Barthélémy. »Er denkt nur an *seine* Leute.«

Indy war von Barthélémys Wutausbruch betroffen. »Das ist nicht wahr. Er denkt auch an Ihr Volk«, protestierte er. »Deshalb ist er doch hier. Deshalb sind wir alle hier: um die Deutschen aus Afrika zu vertreiben, damit Ihr Volk eine Zukunft hat.«

Barthélémy sah Indy an, als könnte er nicht glauben, was er hörte. Dann lachte er bitter. »Damit *mein* Volk eine Zukunft hat? Sie sind ein guter Mann, Captain, ein richtig lieber Mensch. Aber besonders klug sind Sie leider nicht.«

Nun war Indy einigermaßen verwirrt. Er sah den Sergeant fragend an, und Barthélémy fuhr fort: »Die Belgier sind nicht hier, weil sie an die Zukunft meines Volkes denken. Die Belgier denken an ihre eigene Zukunft – an die Zukunft der Weißen. Was geschieht denn, wenn dieser Krieg wirklich mal vorbei ist? Werden die Belgier dann in ihr Land zurückkehren und Afrika meinem Volk überlassen?« Er schüttelte heftig den Kopf. »Nein, die Belgier wollen sich genauso wie die Deutschen afrikanisches Land sichern! Am liebsten würden sie alles an sich reißen. Es gibt keinen Unterschied zwischen ihnen!«

Indy war schockiert. »Wie können Sie so etwas sagen! Sie sind schließlich Sergeant in der belgischen Armee!«

»Die Belgier kamen in mein Dorf und machten mich und alle jungen Männer zu Soldaten des weißen Mannes. Meine Familie hungert, und ich bin nicht bei ihr, um für ihren Lebensunterhalt zu sorgen. Ich bin hier und kämpfe in Ihrem Krieg. Vielleicht falle ich sogar in Ihrem Krieg. Und wenn der Krieg irgendwann einmal aus ist, dann wird Afrika noch immer nicht meinem Volk gehören.«

Wie viele andere Afrikaner rebellierte Barthélémy gegen die Kolonialherrschaft der Europäer, die sie schlimmstenfalls zu Sklaven machten, sie nur niedere Arbeiten ausführen ließen, und sie bestenfalls wie Kinder behandelten, die nicht eigenständig denken konnten. Rebellen wie die Zulus in Südafrika hatten bereits versucht, die Weißen zu vertreiben. Schon 1905 hatte sich der Maji-Maji-Stamm gegen seine deutschen Herren aufgelehnt und einen Aufstand angezettelt, bei dem Tausende ihr Leben verloren.

»Sie oder die Franzosen oder die Deutschen können meinem Volk keine Zukunft bieten, Captain«, fuhr Barthélémy fort. Er legte den Arm um den kleinen Jungen, der die Diskussion mit neugierigen und ängstlichen Augen verfolgt hatte und jetzt zu dem schwarzen Mann aufsah. »Meine Zukunft, Captain, ist hier. Dieser Junge und andere wie er sind die Zukunft meines Volkes. Wenn unsere Kinder aufwachsen und lernen, dann werden sie die Zukunft meines Volkes sein. Dann werden wir keine Soldaten des weißen Mannes in einem Afrika des weißen Mannes mehr sein. Er wird ein *Schwarzer*, ein *Afrikaner* in *seinem* Afrika sein! Haben Sie das verstanden, Monsieur le Captain?«

Dieses eine Mal fehlten Indy die Worte. Wie so viele junge Männer war er aus den edelsten Motiven in diesen Krieg gezogen. Es schien eine ehrenvolle Aufgabe zu sein, die Zivilisation zu retten, und selbst inmitten der Schrecken des Grabenkriegs hatte Indy noch an die Richtigkeit seiner Motive geglaubt. In Afrika war das anders. Wenn Barthélémy recht hatte und dies nichts anderes als ein Krieg des weißen Mannes um die Besitznahme des Landes der Schwarzen war, dann mußte er sich wirklich fragen, was er hier überhaupt zu suchen hatte.

In diesen Minuten des Schweigens hatte sich der Junge von Barthélémy losgemacht und kletterte nun vertrauensvoll und anhänglich auf Remys Schoß. Mit seinen großen dunklen Augen sah er Indy an und erzählte ihm etwas in seiner Sprache.

»Was hat er gesagt? Ich verstehe kein Ubangi«, sagte Indy, während er dem Kind liebevoll über den Kopf strich.

»Er hat Sie gefragt, ob Sie nicht sein Freund sein möchten ...«

Indy blickte liebevoll auf das Kind, und dann wanderte sein Blick zurück zu Barthélémy. Was sollte er tun? Es gab zwei Alternativen: das zu tun, was sinnvoll und vernünftig war, also Major Bouchers Befehl zu befolgen; oder so zu handeln, wie er es instinktiv für richtig hielt. Allein und wehrlos im Dschungel zurückgelassen, hätte der Kleine keine Chance, zu überleben.

Indy fragte sich, was sein Vater, Henry Jones, in seiner Situation getan hätte. Er sah zu Remy und suchte bei ihm Unterstützung, doch sein Freund sah ihn nicht an, sondern streichelte das Kind auf seinem Schoß. Indy war schließlich Captain und mußte seine eigenen Entscheidungen treffen.

Er schüttelte niedergeschlagen den Kopf.

»Ich habe meine Befehle«, sagte er, bevor er das Zelt verließ. »Es tut mir leid ...«

7
Meuterei im Dschungel

Indy fand in dieser Nacht fast überhaupt keinen Schlaf. Er versuchte, seine Gedanken zu ordnen, indem er sein Tagebuch Seite um Seite füllte.

Als der Trompeter am Morgen das Signal zum Wekken blies, war Indy längst auf den Beinen. Er packte seine Siebensachen zusammen und war bereit, zur nächsten Etappe ihrer langen Reise aufzubrechen.

Als die Askaris sich aufstellten, boten sie einen bemitleidenswerten Anblick. Von ihrer sprichwörtlichen Schneidigkeit war nur noch wenig zu sehen. Die Strapazen der Wanderung hatten ihre Spuren hinterlassen.

Schließlich erschien auch der Major. Seine Uniform war wie immer makellos und korrekt, was man von ihm selbst nicht unbedingt behaupten konnte. Sogar in der relativen Frische des frühen Morgens glänzte sein Gesicht vor Schweiß, und seine Augen leuchteten seltsam hell. Immer wieder wischte er sich verstohlen mit einem Taschentuch über das Gesicht.

Indy betrachtete ihn besorgt. Es war offensichtlich, daß Boucher die ersten Stadien des Gelbfiebers durchlitt. Er konnte nur hoffen, daß die beginnende Krankheit nicht die ansonsten durchaus vernünftige Urteilsfähigkeit des Majors negativ beeinflußte.

Indy und Remy standen an der Spitze der Kolonne, Major Boucher nur wenige Meter von ihnen entfernt. Er drehte den Männern den Rücken zu, während er versuchte, sich den Schweiß vom Gesicht zu wischen.

»Wo ist Barthélémy?« flüsterte Indy seinem Freund zu.

»Ich habe ihn nicht gesehen«, antwortete Remy, ebenfalls flüsternd.

Plötzlich entstand Unruhe unter den Männern. Barthélémy näherte sich dem Sammelplatz. An der Hand hielt er den kleinen Jungen.

»O mein Gott!« Indy stöhnte auf. Mir bleibt auch nichts erspart, dachte er.

Major Boucher drehte sich um und ließ seinen Blick über die Männer gleiten, bis er Barthélémy und den Kleinen entdeckte, die inzwischen ihren Platz in der Marschkolonne eingenommen hatten. Dort verharrte sein Blick. Er musterte den Sergeant und das Kind ungläubig und wandte sich dann Indy zu.

»Captain Défense, ich nahm an, wir seien uns einig geworden. Oder kann es sein, daß es gestern abend zwischen uns zu einem Mißverständnis gekommen ist?«

Indy schluckte. »Nein, Sir ...«

Boucher ging in entschlossener Haltung zu Indy und Remy hinüber und stellte sich neben ihnen auf.

»Ach-tung! Stillgestanden!« brüllte er seinen Befehl. Die Männer standen stramm.

»Sie lassen sich da auf ein sehr gefährliches Spiel mit mir ein, Sergeant«, sagte er zu Barthélémy.

Barthélémy hielt dem eisigen Blick des Majors stand, während er ihm antwortete: »Monsieur, dieser Junge ist nicht krank.«

»Vielen Dank für Ihre Diagnose«, erwiderte der Major trocken. »Ausgerechnet darauf habe ich die ganze Zeit gewartet. Und jetzt übergeben Sie mir den Jungen.«

Barthélémy machte keinerlei Anstalten, der Aufforderung nachzukommen. »Der Junge wird mit uns kommen.«

»Verdammt noch mal, Sie haben mir zu gehorchen! Kaum hat einer dieser Wilden einen Streifen am Ärmel, schon meint er, er braucht nicht mehr auf Disziplin zu achten!«

Boucher ging energischen Schrittes auf Barthélémy

zu und versuchte, ihm das Kind zu entreißen, das sich verschreckt hinter Barthélémys Beinen versteckt hatte. Doch der Sergeant stieß seinen Vorgesetzten mit einem Arm zur Seite, während er mit dem anderen Arm den kleinen Schwarzen hochhob, der sich hilfesuchend an ihn lehnte und den Major angsterfüllt ansah.

Major Boucher wußte offensichtlich nicht wie ihm geschah.

»Meine Männer gehen in diesem Dschungel reihenweise vor die Hunde!« brüllte Boucher. Er war zutiefst getroffen, und zwar weniger durch die Tatsache, daß jemand ihn tätlich angegriffen hatte, als vielmehr wegen der Person des Angreifers. Erstens war der Sergeant ein Untergebener und zweitens ein Eingeborener, also der Vertreter einer Rasse, die die Weißen in ihrer Überheblichkeit für unzivilisiert hielten. »Das ist Verrat, Sergeant, nackte Meuterei!«

Barthélémy blickte ausdruckslos geradeaus. Die Atmosphäre war elektrisch aufgeladen wie bei einem Gewitter, das kurz vor dem Ausbruch stand. Die Askaris und die anderen belgischen Offiziere fragten sich, was Boucher als nächstes tun würde.

»Captain Défense, ziehen Sie Ihre Pistole und zielen Sie auf den Sergeant«, befahl Boucher. »Wenn er sich erneut weigert, meinen Befehl auszuführen, erschießen Sie ihn!«

»Aber, Monsieur le Major«, protestierte Indy, »er ist mein Sergeant!«

»Zerbrechen Sie sich darüber nicht den Kopf«, sagte Boucher immer noch schreiend. »Denken Sie lieber daran, daß ich Ihr Vorgesetzter bin. Und jetzt holen Sie endlich die Pistole heraus.«

Indy erstarrte. Er konnte sich nicht überwinden, diesen Befehl auszuführen.

Boucher musterte Indy mit zusammengekniffenen, haßerfüllt funkelnden Augen. »Es scheint so, als schaffte ich es doch noch, Sie endlich zur Rechenschaft zu ziehen«, sagte er gefährlich ruhig. Dann wandte er sich wieder den Männern zu.

»Sergeant Barthélémy, treten Sie vor!«

Barthélémy trat einen Schritt vor, wobei er das Kind immer noch auf dem Arm hielt.

»Zum letzten Mal, Sergeant, übergeben Sie mir das Kind.«

Doch Barthélémy ließ sich auch diesmal nicht einschüchtern und schüttelte lediglich den Kopf. Boucher öffnete die Klappe seiner Pistolentasche und holte seine Waffe heraus.

»Sergeant, das ist keine freundliche Aufforderung mehr, sondern der dienstliche Befehl eines belgischen Offiziers! Wenn Sie jetzt nicht gehorchen, werde ich Sie exekutieren.«

Barthélémy zeigte keinerlei Reaktion. Plötzlich löste sich einer der farbigen Soldaten aus der Formation des zum Abmarsch angetretenen Zuges und stellte sich mit ordnungsgemäßer militärischer Präzision neben Barthélémy. Indy erkannte ihn. Sein Name lautete Zimu, und er war ein Freund des Sergeanten.

»Soldat, treten Sie in die Reihe zurück«, befahl Boucher.

Doch der Askari gehorchte nicht, sondern sagte irgend etwas auf Swahili, das der Major allerdings nicht verstand.

»Er sagt, er weigert sich, ohne das Kind zu marschieren, Sir«, übersetzte Indy die Worte des Soldaten.

»Sie sollen in die Reihe zurücktreten«, wiederholte Boucher seinen Befehl, doch auch diesmal beachtete Zimu ihn nicht.

Ermutigt durch die Aktion ihres Kameraden, lösten sich die Männer nacheinander aus der Formation. Einer nach dem anderen trat einen Schritt vor, bis letztlich alle Soldaten erneut in einer Reihe standen. Schließlich bildeten sie wieder die von Boucher gewünschte Einheit. Ihre Mienen waren bewegungslos, aber sie verhießen nichts Gutes.

»Ihr haltet das Ganze wohl für ein lustiges Spiel, was?« polterte der Major. Sein Gesicht war rot angelaufen wie eine überreife Tomate. »Ihr glaubt wohl, ihr könnt mir auf der Nase herumtanzen! Meint ihr denn im Ernst, ich hätte Hemmungen, euch alle erschießen zu lassen?« Ob es die Auswirkungen seines Fiebers waren oder nur die Tatsache, daß seine Autorität in Frage gestellt wurde, auf jeden Fall schien in Boucher irgend etwas zu zerbrechen. »Bei Gott, ich werde euch alle erschießen! Und Sie zuerst!«

Er zielte mit seiner Pistole auf Barthélémy. Das kalte Klicken der Waffe, als der Major spannte, veranlaßte Barthélémy lediglich, die Augen zu schließen. Er wartete auf die unausweichliche Kugel.

Boucher erstarrte, als er den kalten Stahl von Indys Pistolenlauf hinter seinem Ohr spürte. Die Askaris nahmen alle wie auf einen geheimen Befehl hin die Gewehre von den Schultern und richteten sie drohend auf den Major.

»Sie sind ein wenig durcheinander«, flüsterte Indy leise in Bouchers Ohr. »Sie lassen sich von Gefühlen beeinflussen.« Der Major krümmte sich, als er seine eigenen Worte wiedererkannte. »Sie bringen Ihre Männer in Gefahr und riskieren das Scheitern unserer Mission.«

»Das ist Meuterei, Captain«, stieß der Major zwischen zusammengebissenen Zähnen hervor.

Indy schüttelte den Kopf. »Das sehe ich anders, Monsieur le Major. Und jetzt lassen Sie bitte Ihre Waffe fallen.«

Boucher zögerte. Um seinen Worten Nachdruck zu verleihen, spannte Indy seine Pistole. »Das ist keine freundliche Bitte.«

Widerstrebend ließ Boucher seine Pistole auf den Sandboden fallen, und Indy atmete erleichtert auf.

Boucher musterte die Askaris und Indiana Jones mit unverhohlenem Haß. »Ich werde euch alle vor ein Erschießungskommando bringen«, drohte er.

»Jawohl, Major«, sagte Indy fröhlich. »Aber können wir vorher noch unseren Auftrag erfüllen?«

8
Der Marsch der Verfluchten

Das Kongobecken ist eine der niederschlagreichsten Regionen Afrikas. Andere Teile des Kontinents wie die Sahara oder die äthiopischen Wüsten sehen manchmal jahrelang keinen Tropfen Wasser, doch der Dschungel ertrinkt in regelmäßigen Abständen in geradezu sintflutartigen Regengüssen.

Indy saß in der relativen Trockenheit seines Zeltes und schaute bedrückt hinaus. Eine Woche war mittlerweile seit der »Meuterei« verstrichen, und seitdem hatte der Regen nicht die geringsten Anstalten gemacht, aufzuhören oder wenigstens kurzzeitig nachzulassen. Unentwegt prasselte er auf das dichte Laubdach des Urwalds herab, verwandelte den Waldboden in einen Sumpf und machte das Marschieren so gut wie unmöglich.

Nicht zum erstenmal wünschte sich Indy in die trockenen, hochgelegenen Savannen Ostafrikas zurück. Der Himmel wurde von einer dichten Wolkendecke verhüllt, so daß es nicht einmal richtig Tag zu werden schien. Auf die Nacht folgte jedesmal nur eine längere, Depressionen verursachende Periode trüben Dämmerlichts.

Die Zahl der Soldaten unter seinem Kommando war dramatisch gesunken. Viele der eingeborenen Träger hatten sich einfach aus dem Staub gemacht, einige von ihnen hatten sogar die ihnen zugeteilte Last mitgenommen. Andere waren am Fieber erkrankt und gestorben.

LaFleur, ihr Mediziner, war mittlerweile ebenfalls erkrankt, und Indy glaubte nicht, daß er noch lange durchhalten würde. Was Major Boucher betraf, so war er ein alter, zäher Soldat, der sich nicht unterkriegen ließ. Aber Indy wußte, daß es nur eine Frage der Zeit war, bis auch er sich im Kampf gegen die Krankheit geschlagen geben müßte.

Einer der wenigen, die bisher von der Krankheit unbehelligt geblieben waren, war der kleine Junge, der sie fröhlich und ausgelassen begleitete, als sei dieser ganze Marsch mit seinen Strapazen für ihn tatsächlich ein lustiger Sonntagsausflug.

Ein flüchtiger Blick auf den Kalender versetzte Indy einen Stich: Heute war der vierundzwanzigste Dezember, sie waren jetzt bereits seit einundzwanzig Tagen unterwegs.

Er dachte an Vicky, die junge Feministin, die er während seines Aufenthaltes in London kennengelernt hatte. Selbst wenn Europa zur Zeit unter den Wirrnissen des Krieges litt, würde sie heute im Kreis ihrer Angehörigen an einer reich gedeckten Weihnachtstafel sitzen.

Und ich hocke hier mitten in diesem triefenden, heißen Dschungel mit nichts als einer Handvoll Affen als Gesellschaft, dachte Indy bitter. Was für ein trauriges Weihnachtsfest!

Die folgenden Tage erwiesen sich als eine einzige Tragödie. LaFleur erlag dem Gelbfieber am ersten Weihnachtsfeiertag. Aber er war nicht das einzige Opfer, auch mehrere Askaris mußten der schrecklichen Krankheit ihren Tribut zollen. Indy bestand darauf, daß die Toten in flachen Gräbern beerdigt wurden. Er wollte sie nicht einfach als Beute gefräßiger Geier liegenlassen.

Im Grunde war die Beerdigungszeremonie nicht mehr als ein symbolischer Akt. Alle wußten, daß die herunterprasselnde Regenflut die Gräber schon innerhalb weniger Stunden wieder zerstören würde.

Sollten sie Kap Lopez denn niemals erreichen? Jeder neue Tag brachte ihnen mindestens einen Todesfall, und die Männer taten mittlerweile nichts anderes, als stumm durch den Dschungel zu stolpern und dabei im stillen für ein baldiges Ende ihrer Leiden zu beten. Nicht einmal das freundliche Wesen des kleinen Jungen konnte ihre Lebensgeister wecken.

Die anstrengenden, leiderfüllten Tage schleppten sich in gleichbleibender Eintönigkeit dahin, und ein Ende des Regens war noch lange nicht in Sicht. Major Boucher fühlte sich mittlerweile zunehmend schlechter. Lediglich seine Entschlossenheit und sein Pflichtbewußtsein halfen ihm im Kampf gegen die Seuche, während viele andere, die jünger und stärker waren als er, der Krankheit bereits zum Opfer gefallen waren. Doch schließlich mußte auch er sich dem Fieber geschlagen geben.

Es geschah, als er vor dem Trupp hermarschierte und sich umdrehte, um die Männer anzufeuern.

»Haltet das Tempo!« rief er mit zitternder Stimme. »Bleibt zusammen. Ich will keine Nachzügler sehen.«

Als wäre diese Anstrengung zuviel für ihn gewesen, gaben seine Beine plötzlich nach. Er brach zusammen und sank in den Morast. Mit letzter Kraft versuchte er, sich noch einmal hochzukämpfen, doch er schaffte es nicht.

Die Männer umdrängten ihn, Angst zeichnete sich deutlich in ihren Gesichtern ab. Wenn sogar dieser kräftige, willensstarke Offizier dem Fieber unterlag, welche Hoffnung hatten sie dann noch auf ein Überleben?

Der kleine Junge ließ Barthélémys Hand los und rannte durch den Schlamm zu Boucher hin. Er sah auf den Major hinab und konnte nicht verstehen, warum der alte Mann auf dem Erdboden lag, keuchend atmete und am ganzen Leib zitterte.

Während der Junge aufgeregt in seiner Muttersprache plapperte, faßte er den Arm des Majors und versuchte, ihn zum Aufstehen zu bewegen.

Boucher betrachtete den Jungen mit glasigen Augen

und lächelte. Er drehte sich zu Indy um. »Machen Sie Ihrem kleinen Freund klar, daß ich nicht mehr weitergehen kann ...«, bat er mit matter Stimme. »Er wird mich zurücklassen müssen ...«

Die Männer warteten auf Indys Entscheidung. Würde er sich von Boucher genauso trennen, wie dieser es mit den anderen Kranken getan hatte?

»Baut eine Bahre«, ordnete Indy an. »Wir werden ihn tragen.«

Boucher stützte sich mit zitternden Armen auf. »Nein! Das verbiete ich!« krächzte er. »Die Vorschriften gelten für jeden! Wir schaffen es nicht, diesen Dschungel zu durchqueren, wenn wir alle Kranken mitschleppen!«

Doch Indy beachtete ihn nicht, und die Männer bauten in Windeseile eine Behelfsbahre aus Baumästen und Regenumhängen. Als sie Boucher vorsichtig auf sein neues Lager betteten, funkelte der Major Indy wütend an. Boucher war ein Mann mit festen Prinzipien, die für ihn genauso gelten sollten wie für seine Untergebenen.

Captain Défense alias Indiana Jones übernahm nun auch offiziell das Kommando. Unter seiner Führung schafften die Männer es schließlich, den Dschungel zu überwinden. Anschließend überquerten sie das Hochland und suchten den Fluß Ogowe mit dem Hafen Franceville.

Einmal in der Stunde befahl Indy anzuhalten, damit er seinen Kompaß und die Landkarte kontrollieren konnte. Er hoffte, daß er seine Männer in die richtige Richtung führte.

Die Landkarten sollten zwar ein genaues Bild von dem Kontinent liefern, aber Indy wurde das Gefühl nicht los, daß viele eingezeichnete Einzelheiten eher der Phantasie der Kartenzeichner entsprungen waren. Afrika war zu großen Teilen noch völlig unerforscht, und die Karten waren dementsprechend alles andere als zuverlässig.

Wenigstens hatte der Regen mittlerweile aufgehört, wodurch sie es wenigstens etwas leichter hatten, ihren Fußmarsch fortzusetzen. Boucher hatte sich auf seiner Bahre bereits ein wenig erholt. Der kleine Junge lief gelegentlich zu ihm hin, um ihn etwas aufzumuntern, doch die meiste Zeit saß er auf Barthélémys Schultern. Dieser kleine Kerl mit seinem lustigen Geplapper war alles andere als eine Belastung für die Männer. Ohne ihn, dachte Indy, hätten einige aus der abgekämpften und stark geschrumpften Schar sicherlich schon längst aufgegeben.

Als sie die Hoffnung, jemals ihr nächstes Etappenziel zu erreichen, schon fast aufgegeben hatten, hörten sie endlich das unverkennbare Plätschern von Wasser. Einige der Männer, darunter auch Indy, bahnten sich einen Weg durch das Unterholz und drangen in die Richtung vor, aus der das Geräusch kam. Und dort, breit und majestätisch, floß der Ogowe und folgte seinem gewundenen Lauf durch den Dschungel.

Die Männer stießen ein lautes Freudengeheul aus. Sie marschierten in Sichtweite des Flusses weiter und konnten schon nach der nächsten Biegung in der Ferne Franceville erkennen.

Der Ort, ein kleiner Handelsposten, den die Franzosen gegründet und aufgebaut hatten, war nicht mehr als eine Ansammlung windschiefer und heruntergekommener Holzbaracken und Lehmhütten, die planlos in der Nähe des Flußufers errichtet worden waren. Und trotzdem war es für die Truppe der schönste Anblick ihres Lebens.

9

Fahrt ins Ungewisse

Als der Zug der abgekämpften Soldaten sich in die Ortschaft schleppte, strömten die Bewohner aus ihren Baracken und Hütten, um sich das Schauspiel anzusehen. Indy ging auf einen der Männer zu. »Bei wem kann ich mich erkundigen, wo und wie sich hier ein Schiff mieten läßt?« fragte er ihn.

Der Mann war unrasiert und ungewaschen. Seine Kleider starrten vor Dreck, und Indy hätte geschworen, daß er sie abends in die Ecke stellen konnte, wenn er zu Bett ging. Als der Mann grinste, entblößte er zwei Reihen verfaulter Zähne, und Indy zuckte unwillkürlich zurück, als er den stinkenden Atem roch. Der Whiskygeruch war unverkennbar.

»Ihr seht ja aus, als wärt ihr auf dem Bauch mitten durch die Hölle gekrochen«, stellte der Mann mit holländischem Akzent fest.

»Nein, gekrochen sind wir nicht!« widersprach Indy mit schneidender Stimme.

Der Holländer zog sofort den Kopf ein. Seine Stimme klang um einiges weniger spöttisch, als er sagte: »Ein Stück die Straße hinauf finden Sie einen Anlegeplatz«, sagte er. »Fragen Sie dort nach Sloat.«

Indy gab seinen Männern ein Zeichen, und sie setzten ihren Zug in die angegebene Richtung fort.

Während sie die aus Lehm gebaute Hauptstraße entlanggingen, tauchten immer mehr Menschen zwischen den Baracken auf.

Franceville war eine der zahlreichen Flußstationen, die am Kongo und Ogowe verteilt lagen und als Stützpunkte für den Weitertransport diverser Güter ins Innere des afrikanischen Kontinents dienten. Die Menschen in dieser Region bekamen Soldaten nur sehr selten zu Gesicht, die meisten von ihnen wußten noch nicht einmal, daß zur Zeit ein Krieg im Gange war.

Indy brauchte nicht lange nach dem Bootsvermieter zu suchen. Der Mann namens Sloat war wirklich nicht zu übersehen. Er stand auf dem Deck des einzigen Dampfers, der an der Anlegestelle festgemacht hatte.

Sloat war ein ungepflegt aussehender Mann mit einer speckigen Kapitänsmütze auf seinen fettigen blonden Haaren. Er kaute lässig auf einem Klumpen Tabak herum, als Indy und seine Männer auf ihn zukamen.

Indy beschloß, es mit seiner Muttersprache Englisch zu versuchen.

»Mister Sloat?« fragte er.

Sloat nickte träge, machte aber keine Anstalten, über die Gangway an Land zu kommen, geschweige denn, Indys dargebotene Hand zu ergreifen und ihn zu begrüßen. »Der bin ich – Zachariah Sloat, stets zu Ihren Diensten«, erwiderte er aufgesetzt. »Händler für alles, was gut und teuer ist. Meine Spezialitäten sind Affenfelle und englischer Gin. Und wer sind Sie?«

»Captain Défense von der belgischen Armee.«

Sloat machte nicht gerade einen begeisterten Eindruck. »Wir haben nicht viele Besucher hier, vor allem keine, die wie Geister aussehen und aus dem Landesinneren kommen.«

Indy überhörte diese Bemerkung geflissentlich und kam statt dessen sofort zu seinem Anliegen.

»Meine Männer und ich müssen nach Kap Lopez, und das so schnell wie möglich. Ich dachte, die Passage per Schiff böte die besten Aussichten, ohne große Gefahren und ziemlich flott dorthin zu gelangen.«

Sloat tat so, als müßte er eingehend darüber nachdenken. »Das sind an die achthundert Kilometer flußabwärts, müssen Sie wissen«, sagte er und spuckte einen Strahl Tabaksaft über Bord. Remys Hand zuckte zu seiner Pistolentasche. Seine Nerven waren nicht mehr die besten, er war ziemlich gereizt, und der braune Strahl hatte ihn nur um Haaresbreite verfehlt. »Das wird Sie eine Menge kosten«, sagte der Schiffer.

Indy zuckte resignierend die Schultern und seufzte nur. Er hatte jetzt wahrlich keine Lust zu feilschen. Er wollte nur so schnell wie möglich auf dieses Schiff. Das war er seinen Männern schuldig, die sich bisher nur mit der Hoffnung hierhin geschleppt hatten, daß der nächste Abschnitt ihres Marsches erheblich weniger beschwerlich würde ...

Trotz seiner ungehobelten und ungepflegten Erscheinung war Sloat ein hervorragender Kapitän und Steuermann. Schon bald waren sie auf dem Ogowe und machten zügige Fahrt flußabwärts. Dichtes Unterholz und massige Bäume säumten zu beiden Seiten den Fluß, ließen kaum einen nennenswerten Uferstreifen frei und boten somit Tausenden von Affen Zuflucht. Das Geschnatter und Gekreische der Tiere begleitete die Männer überallhin.

Im Gegensatz zu der Wanderung durch den Dschungel war dieser Teil der Reise wirklich wie ein gemütlicher Sonntagsausflug, und Indy fand sogar Zeit, einen Brief zu schreiben. Seine einzige Sorge galt der Gesundheit und dem Wohlergehen der Männer unter seinem Kommando.

Mehr als zwei Drittel der Truppe litten mittlerweile unter hohem Fieber, das schubweise einsetzte und abflaute. Sie brauchten dringend medizinische Versorgung. Indy hoffte, daß die Franzosen in Port Gentil in der Lage wären, ihnen wenigstens teilweise Ersatz für die Männer bereitzustellen, die sie auf dem Hinmarsch verloren hatten.

»Was schreiben Sie da?« fragte Leutnant Arnaud, der in eine warme Decke eingehüllt neben Indy saß.

»Einen Brief an einen Freund. Er heißt Ned und hält sich im Augenblick in Arabien auf, wo er gegen die

Türken kämpft«, antwortete Indy. »Und an wen schreiben Sie?«

»An meine Frau in Belgien«, sagte Arnaud, als das heftige Klappern seiner Zähne für einen kurzen Moment nachließ. »Captain, wenn ich es nicht mehr schaffen sollte ... den Brief auf die Post zu bringen, würden Sie dann so nett sein und ...«

»Sie werden ihn schon abschicken«, unterbrach Indy ihn lächelnd. Aber als er Arnauds zitternden Körper betrachtete, war er sich gar nicht mehr so sicher.

Für den kleinen Ubangijungen war das Ganze das größte Abenteuer seines bisherigen kurzen Lebens. Er war vorher noch nie auf einem Schiff gewesen, alles war neu und aufregend für ihn. Sloat hatte Barthélémy gebeten, das Steuerruder des Schiffs zu bedienen, und der Sergeant hatte den Jungen mitgenommen und zeigte ihm, wie man ein Schiff lenkte.

Sloat schaute ungehalten zu den beiden hinüber. Er konnte Kinder nicht ausstehen, vor allem dann nicht, wenn sie mit seinem wertvollen Besitz herumspielten.

»Verdammt noch mal, Sergeant!« brüllte er quer über das Schiff. »Halten Sie die kleine Kröte von meinem Ruder fern! Ich sagte, Sie sollen die Rolle des Steuermanns übernehmen! Das ist schließlich keine Spielerei!«

Widerstrebend zog Barthélémy den Kleinen vom Steuerrad weg und bedeutete einem Askari, er möge ihn kurz vertreten. Der Askari wollte gerade seinen Platz einnehmen, als plötzlich ein Schuß ertönte.

Der Schwarze am Steuerruder zuckte zusammen, bäumte sich auf und sackte dann nach vorne. Aus einer Halswunde quoll Blut und ergoß sich auf die Schiffsplanken, während der leblose Körper mit den Armen zwischen den Speichen des Steuerruders hängenblieb.

Dann ertönten weitere Schüsse, Kugeln schwirrten durch die Luft, und Barthélémy warf sich auf das Deck, um das Kind mit seinem Körper zu schützen.

Alle suchten die nächste Deckung auf und griffen hastig nach ihren Gewehren und Pistolen. Indy robbte zu Remy hinüber und brüllte mit lauter Stimme, um den Schußlärm zu übertönen: »Von wo schießen sie?«

Beide schoben vorsichtig die Köpfe über die Bordkante und suchten so gut es ging die Uferzone der vor ihnen liegenden Flußbiegung ab. Aber alles, was sie erkennen konnten, war der Pulverdampf aus den Gewehren der Feinde. Die Schützen selbst waren in dem dichten Unterholz gut versteckt. Indy holte seine Pistole heraus und begann zu feuern, aber Kugeln, die auf ihn zurasten und in seiner nächsten Umgebung einschlugen, ließen ihn sofort wieder in Deckung gehen.

»Wo zum Teufel stecken die?« schimpfte Remy. »Elendes Pack! Verfluchte Deserteure! Verdammte Strauchdiebe!«

Remy gab den Askaris den Befehl, das Feuer zu erwidern und dabei gut zu zielen. Die farbigen Soldaten brachten ihre Gewehre auf der Bordkante in Anschlag und beantworteten das Feuer vom Flußufer mit einer mörderischen Salve.

Von genauem Zielen konnte dabei keine Rede sein. Trotz der Ermahnung Remys schossen sie in Wirklichkeit blind; keiner von ihnen konnte die Ziele erkennen, weil die unbekannten Schützen tief im Unterholz verborgen waren. Sie dagegen waren auf ihrem Schiff eine leichte Beute für die Gesetzlosen, die sie abschießen konnten wie Ziele in einer Schießbude.

Der tote Askari am Steuerruder geriet plötzlich ins Rutschen und versetzte dem Rad damit einen Stoß. Seine Arme, die zwischen den Speichen klemmten, ließen das Rad rotieren, während die Leiche durch ihr Gewicht auf die Schiffsplanken sank.

Auf diese Weise wurde das Ruder unfreiwillig und unerwartet herumgedreht, das Schiff beschrieb eine abrupte Wende und hielt anschließend direkt auf die feindlichen Positionen am Flußufer zu.

»Sergeant, das Ruder!« schrie Indy zu Barthélémy hinüber. »Wir laufen aufs Ufer auf. Wenn wir auf Grund geraten, sitzen wir fest, und dann schießen die uns zu Brei!«

Barthélémy sprang auf, packte den toten Askari und zerrte ihn von dem Rad weg. Dann kurbelte er aufgeregt am Steuerruder, um das Schiff wieder auf seinen alten Kurs zu bringen, während er verzweifelt versuchte, dem Feuer der Angreifer zu entgehen.

Hunderte von Kugeln umschwirrten ihn. Plötzlich zerbarst eine Speiche des Steuerruders unter dem Aufprall einer Kugel. Die Kugel prallte ab und traf den schwarzen Sergeant. Entsetzt verfolgte der kleine schwarze Junge, wie sein Freund auf das Schiffsdeck stürzte und vor Schmerzen laut aufschrie.

Das Schiff hielt noch immer Kurs auf den Feind. Indy sprang auf und stürzte nach vorne zum Schiffsbug. Während er über das Deck rannte, erhob einer der Scharfschützen sich aus dem Unterholz und zielte mit dem Gewehr auf ihn.

Indy hatte den Bug beinahe erreicht, als der Schütze feuerte. Er verfehlte Indy nur um wenige Zentimeter, aber die Kugel durchschlug einen Kessel des Schiffs. Ein scharfer Strom kochendheißen Dampfs entwich dem Kessel und traf Indy mitten in die Augen. Er stürzte auf die Planken des Schiffs und war kurzfristig völlig erblindet.

Das Schiff hatte das Ufer fast erreicht, nur noch wenige Sekunden, und sie würden auf Grund laufen. Die Deserteure wagten sich bereits aus dem Unterholz hervor und machten sich bereit, das Schiff zu entern, sobald es nahe genug herangekommen war. Indy und die Askaris waren schon so gut wie tot.

Dann, wie durch ein Wunder, änderte das Schiff den Kurs, hielt wieder auf die Flußmitte zu und entfernte sich Meter für Meter vom Ufer.

Verblüfft wandten die Askaris sich um. Was sie sahen, erstaunte sie sehr. Der Ubangijunge, viel zu klein, um von den Angreifern am Ufer gesehen zu werden, stand am Ruder. Zu seinen Füßen lag Barthélémy, die Zähne vor Schmerzen zusammgebissen, daß sie knirschten; der Verwundete redete stöhnend auf den Jungen ein und gab ihm Anweisungen, wie er das Rad drehen mußte – genau so, wie schon zuvor, als Sloat sie beide vom Ruder verscheucht hatte.

Das Schiff ruckte herum, als der Junge an dem Rad drehte, und rauschte ganz knapp an den Uferfelsen vorbei. Mit einem vor angestrengter Konzentration verzerrten Gesicht korrigierte der Kleine den Kurs, bis das Schiff wieder die Flußmitte erreicht hatte und stromabwärts dampfte. Das Schiff entfernte sich stetig vom Ufer und war nach kurzer Zeit außerhalb der Reichweite der feindlichen Gewehre.

Die Soldaten tauchten aus ihrer Deckung auf und drängten sich um den kleinen Ubangi, der verlegen lächelte. Sloat nahm spontan seine schmuddelige Kapitänsmütze ab und setzte sie fast ehrfürchtig auf den Kopf des Jungen. Sie war ihm viel zu groß, aber es machte den Kleinen unendlich stolz. Zufrieden lächelte er seine großen Freunde an.

Major Boucher richtete sich auf seinem Krankenlager auf und betrachtete die Szene kopfschüttelnd.

»Unglaublich, hat uns dieser kleine Satansbraten doch tatsächlich das Leben gerettet …«

10

Auf dem Todesfluß

Barthélémy war schwer verwundet. Er war von mehreren Kugeln getroffen worden und hatte eine Menge Blut verloren. Indy und die anderen hatten alles getan, was in ihren Kräften stand, um seine Wunden zu schließen. Aber ohne das Wissen und die Erfahrung des Kompaniearztes konnten sie nur eine notdürftige Erste Hilfe leisten.

Indy hoffte inständig, daß Barthélémy kräftig genug war, um durchzuhalten, bis sie Port Gentil erreicht hatten und einen Arzt aufsuchen konnten.

Der kleine Junge wischte behutsam Barthélémys Brust und Gesicht mit einem feuchten Tuch ab, in der Hoffnung, dadurch wenigstens einen Teil der Schmerzen seines Beschützers zu lindern. Dabei redete der Sergeant leise auf Ubangi mit ihm. Plötzlich fing das Kind an zu weinen, und Indy nahm den Kleinen auf den Arm, um ihn zu trösten.

»Was haben Sie zu ihm gesagt?« fragte er Barthélémy.

»Ich habe ihm erklärt, daß ich sein Freund bin und daß ich ihn nicht verlassen möchte«, antwortete Barthélémy. Seine Stimme war schwach. »Aber falls ich doch weggehen muß, braucht er keine Angst zu haben. Er muß groß und stark und klug werden, damit sein Volk auf ihn stolz sein kann.«

Indy spürte, wie in seiner Kehle ein dicker Kloß entstand, aber er gab sich alle Mühe, seine Gefühle zu verbergen.

»Sergeant, unter keinen Umständen kann ich Ihnen Urlaub gewähren. Sie werden also mit dem Sterben noch ein Weilchen warten müssen. Und das ist ein Befehl – ein Befehl, dem Sie, wie ich hoffe, zur Abwechslung mal Folge leisten. Ich denke, ich habe mich klar ausgedrückt.«

Barthélémy lächelte tapfer, und Indy ergriff seine Hand und drückte sie. »Sie werden es ganz sicher schaffen, Barthélémy, okay?«

Noch bevor Barthélémy etwas darauf erwidern konnte, rief Soldat Zimu nach Captain Défense. Indy erhob sich vom Krankenlager des Sergeanten, um Zimu am Bug des Schiffs aufzusuchen.

Das Schiff näherte sich einer kleinen Zwischenstation am Flußufer, die aus mehreren kleinen Holzhäusern, ein Stück vom Ufer entfernt gelegen, und einem etwas größeren Gebäude direkt am Ufer bestand. Ein Teil des Dschungels, der diese Siedlung umgab, war gerodet worden, und Indy erkannte Mangobäume, Kaffeesträucher und Ölpalmen.

Ein Bootssteg ragte in den Fluß hinein. Mehrere Eingeborene hielten sich auf dem Steg auf und luden Kisten aus einem Einbaum aus. Diese langen schmalen Kanus, die aus einem ausgehöhlten Baumstamm bestanden, waren die auf dem Fluß am häufigsten anzutreffenden Fahrzeuge.

Ein Weißer in einem Safarianzug half den Männern. Er war etwa fünfundvierzig Jahre alt und hatte einen dunklen buschigen Schnurrbart. Als er das Schiff entdeckte, winkte er. Indy erwiderte den Gruß.

»Was für ein Ort ist das?« erkundigte sich Indy bei Sloat. »Und wer ist dieser Mann?«

Sloat zuckte mit den Schultern. »Soweit ich weiß, ist das ein Krankenhaus. Es wird von irgendeinem verdammten Deutschen geleitet.«

»Haben Sie das gehört?« wandte sich Indy aufgeregt an Boucher, der in seine Decke gehüllt dasaß. Er zitterte heftig vor Schüttelfrost, und sein Gesicht und seine Augen hatten mittlerweile eine gespenstische gelbliche Farbe angenommen. Indy gab Sloat ein Zeichen. »Legen Sie an! Wir laden unsere Kranken hier aus!«

»Mißachten Sie den Befehl, Monsieur Sloat, und behalten Sie den augenblicklichen Kurs bei«, befahl Boucher, dessen Stimme nur wenig mehr war als ein mattes Flüstern. »Ich lasse es nicht zu, daß auch nur ein einziger Mann unter meinem Kommando einem *Boche* in die Hände fällt!«

»Aber Monsieur le Major!« protestierte Arnaud, »Das ist doch ein Krankenhaus!«

Boucher schüttelte den Kopf. »Es ist ein *deutsches* Krankenhaus, Leutnant.«

»Welchen Unterschied macht das?« fragte Indy. »Die Ärzte würden doch sicherlich keine Kranken allein aufgrund ihrer Nationalität abweisen ...«

»Sie könnten uns foltern, um von uns Informationen zu erhalten«, erklärte Boucher. »Oder einer von uns könnte im Fieberdelirium irgendwelche Geheimnisse ausplaudern. Können Sie sich vorstellen, was passiert, wenn sie etwas von den Waffen in Port Gentil erfahren? Sie würden scharenweise Soldaten entlang des Flusses aufmarschieren lassen, die nur darauf warten, daß wir mit unseren Waffen vorbeikommen.«

»Und wenn wir nicht haltmachen, sterben noch mehr unserer Männer«, widersprach Indy. Es wurde ihm langsam zur Gewohnheit, Befehle zu mißachten.

»Das ist immer noch besser, als den Deutschen unsere Gewehre zu überlassen!« Indy konnte nicht glauben, was er hörte, doch Boucher fuhr fort: »Ich gebe Ihnen hiermit einen Befehl, Captain. Ich will nicht schon wieder mit Ihrem Ungehorsam konfrontiert werden.«

»Zur Hölle mit den Deutschen und zur Hölle mit Ihnen!« schimpfte Indy. Er war es endgültig leid, hilflos mitansehen zu müssen, wie Menschen starben. »Mister Sloat, steuern Sie den Anlegesteg an!«

Sloat zögerte, da er sich nicht sicher war, wessen Befehl er befolgen sollte. Eine Stimme drang vom Heck des Schiffes zu ihnen. Es war Barthélémy, der sich mühsam auf einen Arm stützte.

»Captain, Major Boucher hat ganz recht. Sie sind wieder mal ... unvernünftig ...«, sagte er mit schmerzverzerrtem Gesicht.

Indy fixierte ihn zornig, dann wanderten seine Augen weiter zu dem kranken Boucher. Vielleicht war er am Ende doch ein Narr. Port Gentil konnte nicht mehr allzuweit entfernt sein. Er warf noch einen letzten Blick auf die kleine Ansiedlung und gab dann Anweisung, den alten Kurs wiederaufzunehmen.

Während das Schiff an der Siedlung vorbeiglitt, gesellte sich eine Frau zu dem Weißen im Safarianzug. Sie trug ein langes weißes Kleid und hatte ihr dunkles Haar zu einem Pferdeschwanz zusammengebunden.

Die beiden wirkten ziemlich verwirrt, als sie beobachteten, wie das Schiff seine Fahrt den Fluß hinab fortsetzte, ohne wenigstens kurz anzulegen. Dann gingen sie wieder zurück an ihre Arbeit und halfen den Eingeborenen, die auf dem Steg aufgestapelten Kisten zu dem großen Gebäude zu tragen.

Leutnant Arnaud war der nächste Tote, den sie zu beklagen hatten. Er und zwei weitere Askaris schliefen einfach ein und wachten nicht mehr auf. Die wenigen Männer, die noch kräftig genug waren, hievten die Leichen hoch und ließen sie über die Bordwand in den Fluß gleiten. Sobald sie in den lehmbraunen Fluten versanken, entstand im Wasser heftige Unruhe. Die Oberfläche kräuselte sich, als würde sie von mehreren wilden Bestien in der Tiefe aufgewühlt.

Remy blickte hinüber zu der Stelle, die sie schnell hinter sich ließen, und wandte sich dann angeekelt ab. »Krokodile ...«, stieß er hervor.

»Sie folgen uns schon seit Tagen«, erklärte Sloat. »Sie wissen genau Bescheid ... Beeilt euch mit eurer

Mahlzeit, ihr verdammten Biester – ihr bekommt bald jede Menge Nachschub!«

Indy erschauerte und spürte, wie ein Würgen des Ekels in seiner Kehle hochstieg. Er tastete nach dem Brief in seiner Tasche und erinnerte sich an sein Versprechen, das er Arnaud gegeben hatte: Er würde den Brief für den Verstorbenen abschicken. Gedankenversunken zog er ihn heraus und las den ersten Absatz:

Liebste Emily, wenn Du diesen Brief in Händen hältst, wird dies das Letzte sein, was Du je von mir hörst ...

Er schaute hinüber zu Boucher, der sich noch immer verzweifelt an sein Leben klammerte, während andere um ihn herum starben. Indy konnte nicht anders, als vor dem Mann Abscheu zu empfinden, der darauf bestanden hatte, nicht bei dem deutschen Krankenhaus anzulegen. Wie viele Männer werden noch sterben, bis wir die Garnison erreichen, Major? Ist Ihnen klar, daß sie nur deshalb sterben müssen, weil Sie darauf bestehen, daß Ihre verdammten Befehle ausgeführt werden? Aber diesen Gedanken behielt Indy für sich.

Das Schiff trieb den Fluß hinunter und ähnelte dabei dem legendären Fliegenden Holländer. Weitere Männer starben und wurden in den Fluß geworfen, wo die Krokodile bereits warteten.

Major Boucher war mittlerweile so geschwächt, daß er nicht einmal mehr aufstehen und umhergehen konnte. Außerdem verlor er immer häufiger das Bewußtsein. Indy versuchte regelmäßig, ihm Suppe einzuflößen, doch der Kranke würgte sie jedesmal wieder heraus.

Auch Barthélémy war nur noch ein Schatten seiner selbst. Der kleine schwarze Junge sorgte unermüdlich für ihn, und Indy wurde das Gefühl nicht los, daß sein Freund ohne diese liebevolle Fürsorge längst gestorben wäre.

Die anderen Männer schienen längst alle Hoffnung aufgegeben zu haben, jemals ihr Ziel zu erreichen. Die meisten saßen völlig apathisch da und starrten aufs Wasser oder in den undurchdringlichen Dschungel am Ufer, aus dem gelegentlich ein Tier heraustrat, um am Fluß zu trinken.

Niemand redete, die einzigen Geräusche waren das Tuckern der Schiffsmaschine und das Geschnatter der Affen in den Bäumen.

Es klingt fast so, als lachten sie uns aus, dachte Indy.

Plötzlich schreckte ein Ruf aus dem Mund des Askaris am Ruder sie alle auf. Hektisch liefen sie zum Schiffsbug. Hinter der nächsten Flußbiegung konnte man gerade eben die französische Garnison Port Gentil erkennen. Ein lauter Jubelschrei erhob sich, als die Männer begriffen, daß das Ende ihrer Reise greifbar nahe vor ihren Augen lag. Nicht wenige vergossen Tränen der Freude und Erleichterung.

Indy lief zurück zu Boucher, der auf seinem Notbett auf dem Deck lag. Man hatte ihm Kissen in den Rücken gestopft, damit er sitzen konnte.

»Haben Sie das gehört, Monsieur le Major? Wir haben es geschafft!«

Boucher stieß einen tiefen Seufzer der Erleichterung aus; er hatte versprochen, er würde seine Männer nach Port Gentil führen, und er hatte es tatsächlich geschafft. Er lächelte matt. »Schiff ... Ladung ...«, murmelte er.

Indy legte dem Major eine Hand auf die Stirn. Bouchers Kopf fühlte sich an, als stünde er in hellen Flammen. Indy mußte sich bücken, um seine Worte verstehen zu können. »... Ladung ... eine Ladung ist notwendig ... muß bald geschehen ...«

»Beruhigen Sie sich, Monsieur le Major«, sagte Indy sanft. »Wir haben es geschafft! Bald sind wir da! Sobald Sie sich wieder erholt haben, können Sie mich vor ein Kriegsgericht laden und bestrafen lassen, wie und wo und wann Sie wollen!«

Boucher ergriff mit erstaunlicher Kraft Indys Handgelenk. Er sprach seine Worte langsam und mit großer Sorgfalt aus, obgleich es ihn unendliche Mühe kostete.

»Nein ... Sprengladungen. Präparieren Sie das Schiff mit Sprengladungen! Wir dürfen nicht riskieren, daß die Waffen in die Hände der Deutschen fallen ... Falls die Deutschen während der Rückfahrt versuchen sollten, das Schiff zu überfallen, müssen wir es sprengen ... Sie haben jetzt das Kommando, Captain ... Es hängt allein von Ihnen ab, wie Sie diese Waffen zurückbringen ...«

Indy nickte. »Ich werde Sie nicht enttäuschen, Monsieur le Major«, versprach er.

»Natürlich werden Sie das. Sie sind zu weich und undiszipliniert. Überhaupt nicht geeignet, Männer zu führen und Befehle zu erteilen.«

Boucher begann zu kichern, als wäre dies die spaßigste Geschichte auf der ganzen Welt. Dann verwandelte sich sein Lachen in ein Pfeifen. Allmählich sickerte der Atem aus seinem Körper heraus, und seine Hand sank schlaff herab. Während sich das Schiff an den Anlegesteg in Port Gentil heranschob, ließ Major Boucher endlich zu, daß der Tod ihn übermannte. Er hatte seine Mission erfüllt.

Sobald das Schiff angelegt hatte, waren die Kranken, darunter auch Barthélémy, ins Militärhospital gebracht worden, aber selbst dort konnte man nicht alle so behandeln, wie es nötig gewesen wäre.

Alle möglichen Krankheiten und Verletzungen wurden in diesem Krankenhaus behandelt. Es gab auch einzelne französische Soldaten, die in Gefechte mit deutschen Truppeneinheiten verwickelt gewesen waren, doch das war ein verschwindend geringer Teil. Bei den meisten Patienten handelte es sich um französische

Soldaten oder Afrikaner, die an Malaria, Gelbfieber, Blattern oder einer der anderen Seuchen erkrankt waren, die in diesem Teil des Kontinents grassierten. Die Erforschung des Kongo und seiner Nebenflüsse durch die Europäer hatte außerdem dafür gesorgt, daß Krankheiten, die früher einmal auf eine bestimmte Region begrenzt gewesen waren, nun völlig außer Kontrolle zu geraten drohten.

Indy schaute zu, wie ein Arzt den kleinen Ubangijungen untersuchte. Ein paar Schritte entfernt wartete ein Dutzend Askaris nervös auf das Urteil des Mannes.

»Nun, was ist mit ihm nicht in Ordnung?« fragte Indy schließlich, als er es nicht mehr aushalten konnte.

»Nichts, was sich nicht durch ein paar kräftige Mahlzeiten wieder in Ordnung bringen läßt«, sagte der Arzt. »Und jetzt entschuldigen Sie mich, wir haben heute ziemlich viel zu tun.« Mit diesen Worten entfernte er sich, denn er hatte schwerere Fälle zu betreuen.

Indy grinste die wartenden Männer an. »Na, dann mal los, auf zu Sergeant Barthélémy! Verkünden wir ihm die freudige Nachricht.«

Mit dem kleinen Jungen an der Hand ging Indy mit den Männern durch die Flure des Krankenhauses bis zu dem Krankensaal, in dem der schwarze Seargeant lag. Auf den Fluren drängten sich unzählige Männer und Frauen, die darauf warteten, endlich an die Reihe zu kommen. Die abgekämpften Ärzte und Krankenschwestern taten wirklich alles, um die Opfer der jüngsten Malariaepedemie zu versorgen, doch ihre Möglichkeiten waren arg begrenzt.

Der kleine Junge ließ Indys Hand los und rannte durch die Schwingtüren zu Barthélémys Bett. Indy und die anderen folgten ihm.

»Aufwachen, Sergeant«, rief Indy fröhlich und

schüttelte den Schwarzen. »Sie haben Besuch.« Indys Lächeln gefror, als Barthélémy nicht reagierte. »Barthélémy ...?«

Zwei Nonnen, eine schwarze und eine weiße, erschienen am Bett des Sergeanten. Die europäische Nonne bedeckte Barthélémys Gesicht mit einem Laken. »Es tut mir leid ...«, murmelte sie.

Die Schwarze ergriff sanft Indys Arm. »Bitte, Sie müssen jetzt gehen ...«

Der kleine Ubangi, der sich an Indys Seite drängte, begann zu weinen. Indy beugte sich zu ihm hinab und drückte ihn an sich. Er hatte wenig Erfolg mit seinem Versuch, das Kind zu trösten.

Die schwarze Nonne betrachtete das Kind mitfühlend. »War er der Vater des Jungen?«

Indy schüttelte den Kopf. »Er war sein Freund. Jetzt hat er niemanden mehr ...«

Der Junge versuchte, sich von Indy loszureißen und Barthélémy zu umarmen. Dabei jammerte er in seiner Sprache.

»Er ist ein Ubangi!« rief die Nonne freudig überrascht.

»Sprechen Sie diese Sprache?« fragte Indy, der selbst mit seinen Tränen kämpfte. Die Nonne nickte. »Dann sagen Sie ihm bitte ... daß sein Freund ihn sehr lieb gehabt hat, und daß er nicht vergessen darf, was er ihm einmal sagte: Hab' keine Angst. Werde stark und klug, damit dein Volk stolz auf dich ist.«

Die Nonne übersetzte Indys Worte für den Jungen, während der sich schluchzend in Indys Arme drängte.

»Du armes kleines Ding«, sagte die Nonne. »Hat er denn einen Namen?«

Indy drehte sich zu den Askaris um, dann schaute er auf das tränenüberflutete Gesicht des kleinen Jungen. Er nickte.

»Ja, er hat einen Namen. Barthélémy. Sein Name ist Barthélémy ...«

Zwischenspiel

1992, Unfallstation eines großen Krankenhauses in New York

»Wir haben Barthélémy damals bei den Nonnen zurückgelassen«, sagte der alte Indiana Jones und wischte sich eine Träne aus dem Auge. »Als er alt genug war, schrieb ich ihm einen Brief und erzählte ihm darin von meinem farbigen Sergeanten und seinen Zukunftsträumen ...«

»Na und?« sagte Mike mit gleichgültiger Stimme. »Was ist denn nun die Moral dieser Geschichte?«

»Die Moral?«

»Ja, die Moral! Sie erzählen mir da eine endlose Story, und es gibt keine Moral?«

Was stimmt nicht mit diesem Kerl, fragte Indiana sich. Tat er nur so, oder war er wirklich so blöd? Mußte er ihn erst mit der Nase darauf stoßen, was er meinte?

»Die Missionare zogen den kleinen Barthélémy Boganda auf, und er erhielt eine gründliche Schulausbildung. Er wurde katholischer Priester, ehe er 1949 das ›Mouvement d'Evolution Sociale de l'Afrique Noire‹ gründete. Damals versuchte die Zentralafrikanische Republik, sich von Frankreich zu lösen. 1960 war es dann soweit – die Republik erlangte die Unabhängigkeit. Barthélémy Boganda wurde 1958 zum Präsidenten gewählt. Er war der erste Präsident der Zentralafrikanischen Republik, sozusagen der Vater seines Landes, und sein Volk *konnte* stolz auf ihn sein. Er komponierte sogar eine Nationalhymne und entwarf eine Flagge. Sie können sich in den Geschichtsbüchern über ihn informieren. Lange konnte er seinen Einfluß als Staatsmann leider nicht geltend machen, denn bereits 1959 starb er bei einem Flugzeugabsturz. Sie haben gefragt, welche Chancen ein Kind hat, das in einer häßlichen und bösen Welt aufwächst. Die Antwort auf diese Frage lautet: Man kann es niemals voraussagen, Mikey, man weiß es einfach nicht ...«

Mike schwieg für einen Moment und dachte nach. Offensichtlich war er jetzt doch ein wenig beeindruckt.

Die Schwingtüren gingen erneut auf, und Jeffers trat ein. Er ging zur diensthabenden Krankenschwester, die hinter ihrem Pult stand und ihn fragend ansah. Sein weißer Kittel war blutverschmiert. Obwohl er flüsterte, konnten die meisten Wartenden seine Worte verstehen.

»Was sagen Sie da? Niemand hat etwas? Haben Sie es schon im Stadtzentrum versucht?«

Die Krankenschwester nickte müde. »Ich habe es *überall* versucht«, erklärte sie geduldig. »Von der nächsten Adresse, die noch etwas hatten, könnte es in frühestens sechs Stunden hergebracht werden.«

»Wir haben aber keine sechs Stunden Zeit«, murmelte Jeffers und wandte sich an die Leute im Warteraum.

»Na schön, alle mal herhören! Bei uns im OP liegt ein kleines Mädchen. Die Kleine wird uns wohl unter den Händen wegsterben, wenn sie nicht bald eine Bluttransfusion erhält! Sie hat eine schwierige Blutgruppe – 0 –, und wir haben leider gerade keine Konserven dieser Blutgruppe mehr! Hat jemand von Ihnen zufälligerweise die gleiche Blutgruppe? Wenn ja, dann melden Sie sich bitte!«

Jeder der Anwesenden schüttelte den Kopf. »Ich hab' nur die ganz simple Gruppe A negativ«, sagte Indy zu Mike. »Was für ein Pech.«

Indy bemerkte in diesem Moment, daß Mike sich ziemlich unbehaglich zu fühlen schien. Er war plötzlich sehr blaß geworden. Langsam hob er die Hand.

»Blutgruppe 0?« fragte Jeffers gespannt, und Mike

nickte. »Sie sind der Held des Tages! Schwester, nehmen Sie den Mann mit und stellen Sie zur Sicherheit noch einmal seine Blutgruppe fest! Und dann bereiten Sie eine direkte Transfusion vor!«

Während die Krankenschwester Mike aus dem Warteraum geleitete, warf er einen letzten verzweifelten Blick zurück zu Indy. »Ich hasse Spritzen«, stöhnte er. »Als ich das letzte Mal Blut abgezapft bekam, bin ich glatt aus den Latschen gekippt.«

Indy grinste und beruhigte seinen neuen Bekannten. »Es wird schon alles gutgehen«, sagte er. Dann lehnte er sich zurück und vertiefte sich in eine Illustrierte.

Nach etwa einer Stunde wurden die Türen des Operationstrakts geöffnet und das kleine Mädchen auf einer Bahre herausgeschoben. Zwei Krankenschwestern folgten ihr in die Intensivstation. Als letzter erschien Jeffers. Sein Gesicht war müde und eingefallen. Er sah aus, als hätte er schon seit mehreren Tagen nicht mehr geschlafen.

»Sind Sie noch immer da?« fragte er, als er Indiana Jones entdeckte.

»Das kleine Mädchen mit der Schußwunde – kommt es durch?« antwortete Indy mit einer Gegenfrage.

»Es war ziemlich kompliziert«, sagte Jeffers matt. »Wir haben für die Kleine getan, was wir konnten. Jetzt bleibt uns nichts anderes übrig, als abzuwarten, ob ihr Zustand sich wieder stabilisiert ...« Er lächelte. »Aber fangen wir noch mal von vorne an, Mister Jones. Welche Probleme quälen Sie denn?«

Der alte Indy grinste. »Verglichen mit dem, was hier gerade passiert ist, dürfte mein Problem ziemlich banal sein«, sagte er und deutete nach unten. »Mein Fuß ist geschwollen – ich wurde von einer Biene in den dicken Zeh gestochen ...«

Jeffers mußte unwillkürlich lachen und brachte seinen Patienten in den Behandlungsraum, wo er den Stich fachgerecht versorgte. Indiana Jones bemerkte dabei, daß Jeffers Schwierigkeiten hatte, die Augen offenzuhalten.

»Sie sehen müde aus«, sagte Indy zu dem Arzt. »Wie lange ist es denn her, seit Sie das letzte Mal geschlafen haben?«

»Drei oder vier Wochen«, antwortete Jeffers mit einem säuerlichen Grinsen.

»Herrscht hier immer so ein Betrieb?« wollte Indy wissen.

»Meinen Sie die Opfer der Schießerei?« Jeffers seufzte. »Einer der Typen, den wir heute hier hatten, war schon vor ein paar Monaten hier. Wir flicken sie zusammen, und dann ziehen sie los und schießen sich erneut gegenseitig nieder ...«

»Aber weshalb tun die so etwas?«

Jeffers hob ratlos die Schultern. »Wegen wirklich wichtiger Angelegenheiten«, antwortete er mit beißendem Spott in der Stimme. »Drogen, Revierstreitigkeiten, weil ihre Bandenführer es so wollen ... Es sind immer die harmlosen Passanten wie das kleine Mädchen, deren Schicksal einem an die Nieren geht. In einem Monat haben wir mindestens ein Dutzend Fälle wie sie. Es ist gnadenlos.« Er gähnte. »Sie haben recht. Ich bin müde. Ich komme mir vor wie dieser kleine holländische Junge, der versucht, mit bloßen Händen die Löcher in einem Deich zu stopfen, während das Wasser längst in Massen hereinströmt und der Deich um ihn herum völlig zusammenbricht.«

»Ich kannte mal einen jungen Holländer wie Sie – nun, genaugenommen war er Deutscher«, erzählte Indy. »Es geschah während des Ersten Weltkriegs, als ich in der belgischen Armee diente ... Ich wurde zum Captain befördert und mußte dann, wie es das Schicksal wollte, in einer geradezu unmöglichen Mission ins tiefste Afrika vorstoßen. Es ging darum, Waffen quer durch den Dschungel zu unserem Stützpunkt zu transportieren. Wir hatten gerade ...«

11
Transportprobleme

Sobald die Kranken versorgt waren und Indy und Remy überzeugt sein konnten, daß es dem kleinen Barthélémy in Zukunft an nichts fehlen würde, vereinbarten sie ein Treffen mit Colonel Pernod, einem in Port Gentil stationierten Offizier.

Pernod, ein zackig und korrekt wirkender Mann, war daran gewöhnt, seine Truppen vom Schreibtisch aus zu führen, anstatt sich zu ihnen in die vorderste Front zu begeben. In krassem Gegensatz zu Indy und Remy, deren Uniformen nach ihrem Höllenmarsch durch den Urwald teilweise zerfetzt und schlammverschmiert waren, erschien Pernod makellos gepflegt. Seine Uniform war frisch gereinigt und gebügelt und wies keinerlei Schmutz- oder Schweißränder auf, was bei dem hier herrschenden Klima fast an ein Wunder grenzte.

Obgleich er im Grunde seines Herzens sicherlich ein durch und durch anständiger Mensch war, neigte Pernod wie viele Franzosen dazu, auf die Belgier herabzuschauen. Es war unverkennbar, daß er zu dem Treffen mit Indy und Remy nur eingewilligt hatte, weil sie den weiten und strapazenreichen Weg durch den Dschungel gekommen waren.

Sie hatten den Colonel in seinem Büro aufgesucht, das ein perfektes Abbild seines Benutzers war. Es wurde von einem auf Hochglanz polierten Schreibtisch beherrscht, auf dem die wenigen Utensilien mit geradezu mathematischer Genauigkeit aufgebaut waren. Bleistiftbehälter, Tintenfaß, Tintenlöscher und Zettelkasten wirkten auf der Platte wie die Sinnbilder militärischer Einheiten bei einem Sandkastenmanöver.

Nachdem der Colonel die beiden belgischen Offiziere mit einem Ausdruck herablassender Freundlichkeit begrüßt hatte, bat er sie, sich zu setzen, bevor er wieder hinter seinem Schreibtisch Platz nahm. Mit einer gnädigen Handbewegung bedeutete er dem Captain als dem Ranghöheren, er möge sein Anliegen vorbringen.

»Monsieur le Colonel, unsere Lage ist nicht gerade rosig«, begann Indiana Jones alias Captain Henri Défense. »Wir müssen die Waffen irgendwie nach Ostafrika transportieren, und dazu brauchen wir einige zusätzliche Männer. Von unserer ursprünglichen Truppe sind nur noch zwölf Leute übrig, und mit denen schaffen wir es einfach nicht.«

Pernod verriet durch keine Reaktion, ob Indys Argumente ihn überzeugten und er bereit war, ihnen zu helfen.

Indy sah ihn abwartend an. Als Pernod auch nach einigen Sekunden nichts von sich gab, meinte Indy mit etwas mehr Nachdruck: »Monsieur le Colonel, im Hinblick auf das Bündnis zwischen unseren Nationen bestehe ich darauf, daß Sie uns behilflich sind.«

Pernod gab sich einen Ruck. Er bedachte die beiden ramponiert aussehenden Soldaten mit einem strafenden Blick und schüttelte den Kopf.

»Ich denke, Sie sind nicht gerade in der Position, um auf irgend etwas zu bestehen, Captain Défense«, stellte Pernod fest. »Oder muß ich Sie noch einmal daran erinnern, daß Sie sich hier in Gabun aufhalten und nicht mehr im Kongo? Dies hier ist französisches Gebiet, und Belgier haben hier grundsätzlich keine Befehlsgewalt. Was auch immer geschieht, bedarf meiner Zustimmung.«

Indy seufzte schicksalsergeben. Das hatte ihm gerade noch gefehlt – ein Bürokrat und Wortklauber!

»Monsieur, Sie scheinen mich nicht richtig verstanden zu haben ...«

Pernod schnitt ihm mit einer knappen Handbewegung das Wort ab. »Nein, Captain, *Sie* verstehen nicht. Die halbe Garnison liegt mit Malaria auf der Nase.« Er wies zum Fenster, durch das man das Krankenhausgebäude sehen konnte. »Schauen Sie sich die Betten am Straßenrand an. Das Hospital ist hoffnungslos überfüllt, und unsere Ärzte sind vollkommen überlastet. Ich kann Ihnen helfen, die Waffen aufs Schiff zu laden, aber das ist auch schon alles, was ich für Sie tun kann. Zusätzliche Männer für Ihre Rückreise kann ich Ihnen auf keinen Fall zur Verfügung stellen. Es tut mir aufrichtig leid ...«

Er öffnete eine Schublade seines Schreibtisches und holte einen Stapel Papiere heraus, den er vor sich auf die Platte legte. Das sollte wohl das Zeichen sein, daß die Unterredung beendet war. Colonel Pernod blätterte die Unterlagen durch, dann blickte er auf, als wunderte er sich, daß Indy und Remy noch immer im Raum waren. »Nun, hatten Sie noch etwas anderes auf dem Herzen?«

Indy holte zwei Briefe aus der Innentasche seines Uniformrocks: den Brief an seinen Freund Lawrence in Arabien und Leutnant Arnauds letztes Schreiben an seine Frau. »Könnten Sie vielleicht veranlassen, daß dies hier weitergeschickt wird, Monsieur le Colonel?«

»Natürlich.« Pernod nickte und nahm die Briefe entgegen. Dann fügte er hinzu: »Ich bedaure zutiefst, Captain, aber ich kann wirklich nichts für Sie tun.«

Indy biß die Zähne zusammen, salutierte und verließ mit schnellen Schritten das Büro. Kaum war die Tür hinter ihnen ins Schloß gefallen, konnte Remy, der während der Unterredung erstaunlicherweise geschwiegen hatte, nicht mehr an sich halten.

»Diese verdammten Franzosen!« schimpfte er. »Wissen die denn nicht, daß wir alle im gleichen Lager sind und gegen einen gemeinsamen Feind kämpfen?«

Indy machte eine gleichgültige Geste. Ein Wutanfall

würde ihnen in dieser Situation überhaupt nicht weiterhelfen. »Wir müssen einfach versuchen, es ohne ihre Hilfe zu schaffen«, entschied er knapp, während sie zur Anlegestelle hinuntergingen, wo Sloats Schiff auf sie wartete.

Remy musterte seinen Freund von der Seite, als hätte er endgültig den Verstand verloren. »Was für einen Unsinn redest du da?« fragte er. »Du denkst doch wohl nicht ernsthaft daran, diese verdammte Fahrt noch einmal zu machen?«

Indy zuckte die Achseln. »Was sollen wir sonst tun? Schließlich haben wir unsere Befehle ...« Er winkte Zimu zu, der am Schiff auf Posten stand. »Zimu, kümmern Sie sich mal um unseren Nachschub«, sagte er auf Swahili zu ihm.

Sobald Zimu sich entfernt hatte, nahm Remy seinen amerikanischen Freund beiseite. »Mon Dieu, mon ami! Wie soll das gehen?« rief er. »Wir sind doch nur noch ein armseliges Häuflein von zwölf Mann! Und von denen können die meisten sich kaum mehr auf den Beinen halten. Wir schaffen den Rückweg niemals!«

Indy musterte Remy eindringlich. Dabei war sein Ausdruck nicht mehr der eines Freundes, sondern der des ranghöheren Offiziers.

»Unsere Soldaten brauchen diese Gewehre und die Munition«, erklärte er mit Nachdruck. »Colonel Mathieu hat mir diese Mission anvertraut, und auch Major Boucher hat sich letztendlich auf mich verlassen. Ich habe nicht vor, sie zu enttäuschen.«

Remy lachte spöttisch. »Na, dann viel Vergnügen! Mach' dich auf den Weg! Riskier' dein Leben bei einem solchen Wahnsinnsunternehmen! Aber erwarte nicht, daß ich mitmache! Ich bleibe nämlich hier!«

»Remy, wir sind Freunde«, sagte Indy leise. »Aber vergiß dabei nicht, daß ich auch dein Vorgesetzter bin ... Wenn du dich weigerst, könnte ich gezwungen sein, deine Haltung als einen Akt des Ungehorsams oder gar als Meuterei zu betrachten ...«

Remy konnte und wollte nicht glauben, was er hörte. »Meuterei? Ich glaube, ich spinne, du rotznasiger, eingebildeter Ami-Schnösel!« brüllte er. »Ich habe mit dir im schlimmsten Dreck gelegen, bin mit dir durch die Hölle gezogen, um jetzt erleben zu müssen, wie du dich als große Nummer aufspielst und mir vorschreiben willst, was ich zu tun habe?«

Indy, der seine Bemerkung eher scherzhaft gemeint hatte, erschrak über ihre Wirkung. »Ich hatte niemals vor, dir irgendwelche Befehle zu geben«, versuchte er einzulenken. »Aber ich werde mich auf den Weg machen – ob mit dir oder ohne dich.«

Nun war die Reihe an Remy, ernsthaft nachzudenken. Eigentlich konnte er Indy jetzt nicht im Stich lassen, hatte er doch in gewisser Weise dafür gesorgt, daß sein Freund in diesen Krieg verwickelt worden war; er mußte also zumindest so lange an seiner Seite durchhalten, bis sie heil aus diesem Krieg heraus waren.

»Na schön – ich gehe mit«, sagte er schließlich.

»Wenn das so ist«, sagte Indy, »dann veranlasse, daß die Franzosen das Schiff beladen, damit wir bald ablegen können.« Indy konnte sich nicht beherrschen, er mußte einfach jede Gelegenheit nutzen, um seinen Freund zu ärgern. Deshalb fügte er spitz hinzu: »Das ist ein Befehl, Leutnant!«

Remy nickte gehorsam und wandte sich zum Gehen. Dann jedoch wirbelte er herum und versetzte Indy eine rechte Gerade mitten aufs Kinn. Indiana Jones flog nach hinten und landete mit einem dumpfen Laut auf dem Hintern.

»Jawohl, Sir! Wird sofort erledigt!« schnarrte Remy. Er schlug in einer Imitation deutscher Offiziersgewohnheiten die Hacken zusammen und salutierte. »Bin schon unterwegs, Monsieur le Captain!«

Nach diesen Worten trabte Remy davon, um das Beladen des Schiffs zu überwachen. Zurück blieb ein verblüffter Indy, der leicht benommen auf der Erde saß und sein Kinn rieb.

Ein besorgter französischer Militärpolizist kam herbeigeeilt, beugte sich zu Indy herab und half ihm beim Aufstehen.

»Was war das?« erkundigte er sich.

Indy brachte ein schiefes Lächeln zustande und massierte seinen Unterkiefer.

»Das war ein belgischer Soldatengruß ...«

Am späten Nachmittag war der größte Teil der Waffen- und Munitionslieferung mit Hilfe französischer Soldaten an Bord des Dampfschiffs gebracht worden. Kisten mit Nachschub an Proviant und anderen lebenswichtigen Gütern wurden aufgestapelt, und Indys Soldaten heizten den mittlerweile reparierten Dampfkessel an, um möglichst bald zu starten.

Remy beaufsichtigte die ganze Operation mit verschlossener, trotziger Miene. Obgleich Indy es sicherlich nicht ernst gemeint hatte, konnte er seinem Freund nicht so schnell verzeihen, daß der sich ihm gegenüber als ranghöherer Offizier aufspielen mußte.

Unterdessen führte Captain Défense den letzten Befehl Bouchers aus und präparierte das Schiff mit einer Ladung Dynamit. Falls das Schiff auf dem Rückweg von den Deutschen angegriffen werden sollte, würden die Waffen ihnen nicht in die Hände fallen, dafür wollte er sorgen.

Diese Aktion mußte mit äußerster Sorgfalt und Vorsicht ausgeführt werden: eine falsche Bewegung, und das ganze Schiff würde in die Luft fliegen und wahrscheinlich ein ziemlich großer Teil von Port Gentil ebenfalls.

Die Tatsache, daß Sloat ihn dauernd bedrängte, trug nicht gerade dazu bei, daß Indy sich besser konzentrieren konnte.

»Hört mal zu, Jungs«, brüllte der Kapitän, »wenn ihr meint, ich ließe zu, daß ihr meinen Kahn herrichtet wie einen schwimmenden Silvesterkracher, dann seid ihr, im wahrsten Sinn des Wortes, auf dem falschen Dampfer! Ist das klar, Freundchen?«

Ohne sich umzudrehen, sagte Indy leise: »Kümmern Sie sich um Ihre Angelegenheiten, Mister Sloat, und ich kümmere mich um meine.«

Sloat wollte gerade richtig loslegen, als er Zimu bemerkte, der langsam herankam und sich hinter ihm aufbaute. Der stämmige Schwarze hielt ein Gewehr in der Hand, dessen Mündung wie zufällig auf den Kapitän zeigte. Sloat verstand den Wink und verstummte.

Der Kapitän unterdrückte einen Fluch und murmelte halblaut vor sich hin. Dann sah er sich um. »Also los, ihr Heiden!« rief er den wartenden Askaris zu. »Macht endlich die Leinen los!«

Langsam entfernte sich das Schiff von seinem Anlegeplatz. Der Abstand zwischen der mit Holzbalken befestigten Kaimauer und dem Schiffsrumpf wurde immer größer. Die Schaufelräder wühlten das trübe Wasser des Ogowe auf, während der Kahn schwerfällig in der Strömung drehte und dann Fahrt aufnahm. Es ging diesmal flußaufwärts.

Niemand, der das Ablegemanöver beobachtete, konnte ahnen, daß das Schiff alles andere war als ein harmloser Frachtkahn. Indy hatte genügend Dynamit darauf verteilt, um das Schiff mit Mann und Maus direkt in den Himmel zu sprengen.

Es war es nichts anderes als eine schwimmende Bombe ...

12

Eine Flußfahrt in die Hölle

Drei Tage der Rückfahrt waren mittlerweile verstrichen. Indy und seine Leute hatten bisher noch nichts von der deutschen Armee oder afrikanischen Separatistengruppen gesehen. Die einzige Begleitung, die ihnen zu schaffen machte, waren die allgegenwärtigen Moskitoschwärme, die zwischen den Bäumen umherwogten und auf sie zu warten schienen. Gelegentlich beobachteten sie auch Tiere, die sich aus dem Dickicht des Dschungels herauswagten, um im Fluß zu trinken. Die restliche Zeit dösten die Männer vor sich hin, während das Schiff sich seinen Weg zum Kongo bahnte.

Auch diesmal ging die weitaus größere Gefahr für Leib und Leben vom Fieber aus. Indy und seine Askaris hatten Port Gentil anscheinend gesund und munter verlassen. Doch im weiteren Verlauf ihrer Reise wurde schon bald klar, daß sie alle bis zu einem gewissen Grad angegriffen und keineswegs gesund waren.

Sogar der kräftige und zähe Sloat, der in seinem ganzen Leben noch nie ernsthaft krank gewesen war, bekam die Auswirkungen der anstrengenden Fahrt zu spüren. Auf seiner Stirn glänzte mittlerweile ein ständiger Schweißfilm, und er hatte zunehmend Schwierigkeiten mit seinen Augen. Ansonsten ein fähiger Kapitän und als solcher auch auf dem ganzen Fluß bekannt, fiel es ihm von Tag zu Tag schwerer, einen geraden Kurs zu steuern.

Er drehte sich zu Indy um, der am Heck saß und mit wachsamen Blicken die Flußufer zu beiden Seiten absuchte.

»Jemand muß sich mal wieder um die Feuerung kümmern, Sonny!« rief er ihm zu. »Sehen Sie doch mal nach, ja? Sie würden uns allen einen großen Gefallen tun.«

Sloat gab sich keine Mühe, seine Abneigung gegen Indy zu verbergen. Wer hätte es ihm auch verdenken können, daß er für den Mann, der bereit war, sein Schiff jederzeit in die Luft zu sprengen, keinerlei freundschaftlichen Gefühle hegte.

Indy erhob sich mühsam. Seine Glieder schmerzten. Trotz der lähmenden tropischen Hitze in der Nähe des Äquators hatte er das Gefühl, bis auf die Knochen durchgefroren zu sein. Matt stolperte er zu dem Kessel hinüber und versuchte, Juba, einen der schwarzen Soldaten, zu wecken. Der Mann saß auf den Decksplanken und war gegen die Bordwand gesunken.

»Kommen Sie, Juba, helfen Sie mir«, sagte Indy. Doch er erhielt keine Antwort. »Juba?«

Indy bückte sich und betrachtete den Mann etwas eingehender. Der Soldat starrte mit ausdruckslosen, weit aufgerissenen Augen geradeaus ins Leere. Über seine Augäpfel krabbelten Fliegen. Indy stöhnte entsetzt auf.

»Er ist tot ...«, sagte Remy, der barfüßig am Bug des Schiffes saß. Indy warf einen Blick auf die Füße seines Freundes: Sie waren grotesk geschwollen, blutig und vereitert. Er spürte, wie eine brennende Säure in seiner Kehle hochstieg, als er sah, wie sich unter Remys Füßen etwas bewegte.

»Sandflöhe«, bemerkte Remy gleichgültig. Dieses tropische Ungeziefer war bekannt für seine besondere Vorliebe, sich tief in das Fleisch ihrer Wirtspersonen zu bohren und sich unter der Haut festzusetzten. »Ich spüre, wie sie unter meiner Haut umherkrabbeln ... freche, gierige Biester.«

»Warum hast du mir nichts davon gesagt?«

Remy lachte bitter. »Ich wollte nicht, daß Sie meine Füße des Verrats oder gar der Fahnenflucht bezichtigen, Monsieur le Captain ...«

Ein weiterer Tag verstrich. Sloat war inzwischen so krank, daß er das Schiff nicht mehr steuern konnte. Daher mußte jeder abwechselnd das Ruder übernehmen. Doch auch die Ersatzleute schafften es zum Teil kaum länger als eine halbe Stunde, bis auch sie müde und erschöpft waren und durch den nächsten Mann ersetzt werden mußten.

Jetzt hatte Indy das Ruder übernommen und umklammerte fest die Speichen des großen Holzrades, das er als Stütze benutzte, um nicht über Bord zu fallen. Im Holz waren tiefe Scharten und Kerben als Andenken an den feigen Überfall während der Hinfahrt zurückgeblieben. Indy hatte sich in eine Decke eingewikkelt, und sein Gesicht leuchtete strahlendgelb aus den Falten.

Der Ogowe vor ihm war kaum mehr als ein verschwommener grün-blauer breiter Streifen. Die einzigen Geräusche, die er hören konnte, waren sein eigener keuchender Atem und das immerwährende schrille Gekicher und Geschnatter der Affen am Flußufer.

Plötzlich vernahm er hinter sich ein leises Scharren und Rascheln. Er wandte sich um und entdeckte Remy. Sein belgischer Freund konnte nicht mehr laufen, sondern kroch auf allen vieren über das Deck zu einem der Maschinengewehre. In seinen fiebrig glänzenden gelblichen Augen lag ein Glitzern des Wahnsinns.

»Ich weiß genau, daß ihr da draußen seid«, murmelte Remy, während er sich der Waffe näherte. »Es gibt nur einen Weg, wie man mit Gesindel wie euch fertig wird«, sagte er, und seine Stimme wurde allmählich lauter. »Ich verpasse euch eine Lektion, die ihr so bald nicht vergessen werdet. Wollen doch mal sehen, ob ich es nicht schaffe!«

Mit letzter Kraft gelang es ihm, sich auf den Knien aufzurichten, dann sackte er über dem Maschinengewehr zusammen und legte den Sicherungshebel um.

»Wollen doch mal sehen, ob ich euch nicht erwische!« kreischte er, schwenkte den Lauf des Gewehrs wild herum und feuerte blindlings in den Dschungel. Er zitterte am ganzen Körper vom Rückstoß der Waffe, als sie die Kugeln mit einer Geschwindigkeit von fünfhundert Stück in der Minute hinausschleuderte. Wasserfontänen spritzten hoch, während Remy besinnungslos in die Landschaft feuerte.

Aufgeschreckt verließ Indy seinen Posten am Ruder und zog seine Pistole aus der Tasche.

»Was geht hier vor?« brüllte er und versuchte das Stakkato des Maschinengewehrs zu übertönen. »Wo sind sie?«

»Überall! Wo man auch hinsieht!« heulte Remy. »In den Bäumen! Im Gebüsch!«

Indy überlegte nicht lange, sondern schoß ebenfalls auf den Feind, der sich angeblich im Dickicht verbarg. Er schoß seine Pistole leer und lud mit einem Magazin, das in seinem Gürtel steckte, nach. Doch plötzlich hielt er inne. Da war doch noch eine Sache, die er erledigen mußte, eine einzige, furchtbar wichtige Sache: die Deutschen durften diese Waffen niemals in ihren Besitz bringen! Dafür wollte er sorgen, und wenn es das letzte war, was er in seinem Leben tun sollte.

Remy gab ihm Feuerschutz, als er über das Deck zu dem Sprengkasten hinüberrannte. Mit zitternden Fingern verband er die beiden Kupferdrähte mit den Kastenanschlüssen und zog den Detonationshebel hoch. Das Dynamit war jetzt scharf und bereit, jederzeit gezündet zu werden. Nur ein einziger fester Druck auf den Hebel, und das Boot würde in einem Feuerball auseinanderfliegen.

Indy holte tief Luft und legte seine Hände auf den Hebelgriff. Doch plötzlich stockte er mitten in der Bewegung. Er riß die Hände zurück, als wäre der Griff mit einem Mal glühendheiß geworden.

Der Patronengurt von Remys Maschinengewehr war

zu Ende, und es herrschte Totenstille – nirgendwo war feindliches Feuer zu hören! Niemand schoß auf sie!

Remy starrte Indy mit weit aufgerissenen Augen an. »Sie sind noch immer da draußen«, flüsterte er. »Hörst du sie nicht?«

Indy lauschte, aber da war lediglich das Gekreische der Affen, das sie schon während der gesamten Wanderung begleitete. Es setzte nach und nach wieder ein, nachdem es kurzzeitig wegen der lautstarken Schießerei verstummt war.

»Ich höre nichts als Affen«, sagte Indy.

»Sie lachen uns aus!« kreischte Remy hysterisch. »Diese verdammten Affenbestien lachen uns aus!«

Er sank über dem Maschinengewehr zusammen, und sein unkontrolliertes Schluchzen gesellte sich zu dem Geheul der Affen.

Indy starrte den Detonationshebel an, der aus dem Kasten ragte, und er begriff, daß er gerade um ein Haar das Schiff samt Besatzung in die Luft gejagt hätte. Das Fieber hatte auch ihn gepackt.

Ihre Mission wuchs ihnen allmählich über den Kopf. Wenn sie am Leben bleiben und die Waffen nach Ostafrika bringen wollten, würden sie es nur schaffen, indem sie ruhig, umsichtig und gelassen blieben und nicht zuließen, daß die Seuche das Kommando führte.

Überaus vorsichtig löste Indy die Leitungsdrähte von den Polen des Sprengkastens ...

Ein weiterer Tag ging vorüber. Das Schiff trieb nun steuerlos im Wasser und bewegte sich, wie es ihm gefiel. Keiner der Insassen schien besonders darauf zu achten, wohin die Fahrt ging. Nur wenige Männer waren noch bei vollem Bewußtsein.

Indy kauerte am Vorderteil des Schiffs. Seine Augen waren trüb, und sein Bewußtsein wurde von fiebrigen Nebelschwaden überlagert. Irgendwo in den Tiefen seines Verstandes nahm er ein Geräusch wahr, als würde irgend etwas heftig gegen den Schiffsrumpf stoßen. Er verdrängte dieses Geräusch als Produkt seiner vom Fieber beflügelten Phantasie. Genauso verfuhr er auch mit den zischelnden Flüsterlauten, die auf einmal irgendwo neben dem Schiff erklangen.

Plötzlich erschien ein finsteres schwarzes Gesicht über dem Schiffsrand. Als die Gestalt sah, daß niemand sie beachtete, kletterte sie an Deck. Der Mann war barfuß und mit einem zerknautschten weißen Hemd und nicht weniger zerknautschten Shorts bekleidet. Er schaute sich um und bemerkte, daß die Mannschaft verstreut auf dem Deck herumlag, eingehüllt in Tücher und Decken. Die wenigen, die noch bei Bewußtsein waren, nahmen den Fremden gar nicht wahr, ihre Blicke schienen einfach durch ihn hindurchzugehen.

Der Mann beugte sich über die Reling zu dem Einbaum hinunter, der neben dem Schiff hertrieb.

»Ich sehe niemanden, der sich bewegt«, sagte er auf Deutsch zu seinen Gefährten. »Ich glaube, sie sind alle tot.«

Die Worte des Mannes und der rauhe, kehlige Akzent, mit dem er sie aussprach, drängten sich irgendwie in Indys benebelten Geist. Er schlug die Augen auf und versuchte, etwas zu erkennen.

O mein Gott! Deutsche!

Indy stemmte sich hoch und rannte und stolperte quer über das Deck. Der Schwarze zuckte erschrocken zusammen und wich mit einem Sprung zurück, als Indy über das Deck hechtete, um den Sprengkasten zu erreichen, dann erkannte er Indys Absicht, sprang hinter ihm her und packte seine Füße. Mit erstaunlicher Wucht trat Indy ihm ins Gesicht. Der Schwarze sackte zusammen und verlor kurzzeitig das Bewußtsein. Indy streckte die Hände nach den Zünddrähten aus, schlang sie hastig um die Kontakte und drehte fieberhaft die Schraubklemmen zu, um den Stromkreis zu schließen.

Der Fremde richtete sich in eine sitzende Stellung

auf und schüttelte den Kopf in dem Bemühen, wieder zu sich zu kommen. Nun griff er nach einem Buschmesser, das offen auf einem Holzstapel neben dem Dampfkessel lag. Er riß es an sich, holte weit aus und schleuderte das Messer im gleichen Moment los, als Indy den Detonationshebel ruckartig nach unten stieß.

Indy schloß die Augen und wartete auf die unabwendbare Explosion. Aber er hörte lediglich einen dumpfen Laut. Das Buschmesser bohrte sich in die Holzbohlen des Decks und durchtrennte säuberlich die Kupferdrähte. Die Verbindung war unterbrochen.

Nun war keine Sekunde mehr zu verlieren. Indy rollte sich auf die Seite und erreichte ein Gewehr, das an der Reling lehnte. Die Kräfte verließen ihn, doch er schaffte es immerhin, den Lauf auf den Fremden zu richten. Seine Hand tastete verzweifelt nach dem Abzug.

Doch der Angreifer trat den Gewehrlauf mit einem wütenden Knurren zur Seite. Indy war völlig wehrlos und viel zu entkräftet, um aufzustehen. Der Fremde machte einen schnellen Schritt auf ihn zu, beugte sich über ihn und versetzte ihm einen mörderischen Schlag gegen die Schläfe.

Um Indy herum wurde es hell – dann fiel er in ein großes alles verschlingendes Loch ...

13
Seltsames Erwachen

Indy kam in einem schmalen Bett wieder zu sich. Er lag unter einer rauhen Wolldecke, und irgend jemand hatte ihm seine Uniform ausgezogen und ihn statt dessen in einen schlecht sitzenden Schlafanzug gesteckt, der bereits schweißgetränkt war. Indy fühlte sich schlapp wie noch nie zuvor in seinem Leben.

Trotz der Wärme seiner Decke litt er noch immer unter heftigem Schüttelfrost. Das Gelbfieber hatte auch vor ihm nicht haltgemacht.

Was ist passiert, wie komme ich hierhin? grübelte Indy. Doch er konnte sich beim besten Willen nicht erinnern. Alles, was ihm einfiel, war eine Folge verschwommener Bilder. Ein Fremder hatte das Schiff zu einer Ansiedlung am Flußufer gesteuert, die ihm seltsam vertraut vorgekommen war.

Schwarze Eingeborene in westlicher Kleidung, von denen einige sogar Deutsch sprachen, hatten ihn und die anderen vom Schiff heruntergeholt und einen Hügel hinauf zu einem großen Holzgebäude getragen.

Er erinnerte sich auch noch an eine Stimme, die gesagt hatte: Bringt die Lebenden den Hügel hinauf! Verbrennt die Toten!

Das war's! Die Deutschen hatten sie gefangengenommen. Indy stöhnte bei dem Gedanken an die Waffen auf dem Schiff gequält auf. Jetzt erinnerte er sich auch wieder an das Gesicht des Mannes, der die Befehle gegeben hatte. Er hatte sehr gut ausgesehen mit seinem kräftigen welligen Haar, dem dunklen buschigen Schnurrbart und den durchdringendsten Augen, die Indy je gesehen hatte.

Der junge Amerikaner runzelte die Stirn und versuchte sich ins Gedächtnis zurückzurufen, wo er dieses Gesicht schon einmal gesehen hatte. Und auf einmal erinnerte er sich wieder an alles. Es war das Gesicht des weißen Mannes bei dem deutschen Krankenhaus, an dem sie auf ihrem Weg nach Port Gentil vorbeigekommen waren. Und er lag in dem Haus, vor dem Major Boucher nicht hatte anlegen wollen.

Wenigstens waren sie jetzt im Krankenhaus. Das einzige Problem war im Augenblick nur, daß es sich um ein Hospital des Feindes handelte.

Das Moskitonetz um Indys Bett wurde zur Seite gezogen, und der schnurrbärtige Deutsche erschien. Indy setzte sich auf und versuchte zu reden, aber er bekam keinen Ton heraus, seine Kehle war wie ausgedörrt. Der Deutsche hielt ein Glas Wasser an Indys Lippen. »Sprechen Sie jetzt nicht«, sagte er auf Französisch, aber mit unüberhörbar deutschem Akzent.

Indy schluckte gierig das kalte Wasser, aber er trank zu schnell und verschluckte sich. Der Fremde klopfte ihm sanft auf den Rücken.

»Langsam«, sagte er und reichte ihm eine Tablette. »Nehmen Sie das.«

Indy musterte ihn argwöhnisch, es war offensichtlich, daß er seinem Wohltäter nicht traute. Der Deutsche schüttelte ungehalten den Kopf.

»Wenn ich Ihren Tod wollte, dann hätte ich Sie auf dem Schiff sterben lassen, meinen Sie nicht?« sagte er. »Nun nehmen Sie schon.«

Das war ein überzeugendes Argument, und Indy nahm einen weiteren Schluck Wasser und spülte die Tablette damit hinunter. Der Deutsche half ihm, sich wieder hinzulegen, und zog dann ein Stethoskop aus der Brusttasche seines weißen Arztkittels.

»Sie sind Deutscher«, stellte Indy fest.

»Sie haben eine sehr gute Beobachtungsgabe«, erwiderte der Fremde sarkastisch.

»Ich bin Ihr Gefangener.«

Indys Gegenüber lachte verhalten, während er das Stethoskop auf die Brust des Patienten setzte. »Es tut mir leid, wenn ich Sie enttäusche, Captain, aber ich fürchte, ich kann Ihre Kapitulation nicht annehmen«, erklärte er und hob die Schultern in einer Geste gespielter Hilflosigkeit. »Wir haben ganz einfach nicht die angemessenen Einrichtungen, um Sie als Kriegsgefangenen standesgemäß unterzubringen. Ich bitte die belgische Armee um Verzeihung ...«

Mit dem Ergebnis seiner Untersuchungen zufrieden, nahm er das Stethoskop ab und zog die Decke bis an Indys Kinn hoch.

»Wenn Sie jetzt damit fertig sind, dumme Fragen zu stellen, sollten Sie wieder schlafen.«

Und ohne ein weiteres Wort ging der Deutsche hinaus. Indy schaute ihm nach und blickte noch lange auf die Tür seines Krankenzimmers, bis er spürte, wie er allmählich schläfrig wurde.

Im Halbschlaf glaubte er, ein vertrautes Geräusch zu hören, doch er schrieb diesen Eindruck seiner Phantasie zu. Wer hätte in dieser trostlosen Wildnis schon jemals von Johann Sebastian Bach gehört, geschweige denn davon, daß es hier jemanden gab, der fehlerlos eine Fuge auf einem Klavier spielen konnte?

Einige Zeit später wachte Indy aus einem weitgehend ungestörten Schlaf auf. Er fühlte sich jetzt erheblich besser, aber er konnte immer noch in der Ferne diese Musikfetzen hören. Hatte er sich etwa doch nicht getäuscht? Wurde hier tatsächlich musiziert? Das bedeutete immerhin, daß er nicht im Begriff war, den Verstand zu verlieren.

Durch die Falten des Moskitonetzes konnte er keinerlei Bewegung im Krankensaal wahrnehmen. Das einzige, was er an fremdem Leben registrierte, war das regelmäßige Atmen seiner Mitpatienten, die offenbar fest schliefen.

Seine Uniform lag säuberlich zusammengefaltet auf einem Stuhl am Fußende seines Bettes. Es strengte ihn unglaublich an, als er vorsichtig aus dem Bett stieg. Seine Beine waren immer noch sehr schwach, und er brauchte seine ganze Kraft, um nicht wieder umzufallen. Nach Einnahme der Medizin und nach seinem ungestörten Schlaf konnte er zwar etwas klarer denken, aber er hatte das Fieber noch lange nicht überwunden.

Alles um ihn herum schwankte, der Krankensaal drehte sich vor seinen Augen, doch er zwang sich, sein Gleichgewicht zu behalten und zum Stuhl zu wanken. Mit zitternden Händen zog er seine Uniform an.

Noch einmal horchte er nach störenden Geräuschen, dann schlich er durch den Krankensaal und weiter aus dem Hospital heraus. Draußen atmete er tief durch und machte sich dann mit unsicheren Schritten auf den Weg den Berg hinunter zur Anlegestelle.

Es war Nacht, aber im hellen Mondlicht konnte er erkennen, daß das Schiff immer noch an der Anlegestelle festgemacht war. Zugleich sah er auf dem Deck deutlich die Umrisse der schweren Maschinengewehre unter ihren Schutzplanen.

Die Deutschen hatten sie wohl sorglos dort stehenlassen, weil sie nicht damit rechneten, daß jemand von Indys Mannschaft kräftig genug wäre, zu dem Schiff und seiner Ladung zurückzukehren.

Langsam tastete sich Indy über das Laufbrett und schaffte es, an Bord zu klettern. Er ließ den Blick in die Runde schweifen und stellte verblüfft fest, daß die Deutschen sich nicht einmal der Gewehre bemächtigt hatten. Die Waffen lagen noch immer so auf dem Deck, wie sie zurückgelassen worden waren.

Auch die Dynamitladungen waren noch an Ort und Stelle, und der Sprengkasten war unbeschädigt, abgesehen von dem durchtrennten Kupferdraht. Es wäre ein Leichtes, die Drahtenden zusammenzufügen und die gesamte Ladung wieder scharf zu machen.

»Was machen Sie hier?«

Beim Klang dieser Stimme drehte Indy sich hektisch um und hätte dabei beinahe das Gleichgewicht verloren. Der Deutsche aus dem Krankenhaus war ihm gefolgt. Er reichte ihm eine Hand, um ihm behilflich zu sein, doch Indy wich zurück und schnappte sich eines der herumliegenden Gewehre.

»Bleib' mir vom Leib, Fritz!« zischte er. »Ich nehm' jetzt das Schiff und verschwinde!« Er richtete das Gewehr auf den Deutschen.

»Erstens lautet mein Name nicht Fritz – sondern Albert«, entgegnete der Deutsche ungehalten, »und zweitens werden Sie weder mit dem Schiff noch ohne es verschwinden. Ich lasse das nämlich ganz einfach nicht zu.«

»Wenn Sie versuchen, mich aufzuhalten, dann bin ich gezwungen, auf Sie zu schießen«, warnte Indy, obgleich dies kaum eine ernstzunehmende Drohung war. Ihm wurde langsam schon wieder so flau, daß die Welt vor seinen Augen verschwamm und er Schwierigkeiten hatte, das Gewehr zu halten.

Der Deutsche musterte Indy wie ein besonders ungehorsames Kind. »Kümmern Sie sich nicht um mich, sondern erschießen Sie sich doch gleich selbst«, forderte er ihn auf. »Das würde im Grunde nichts ändern. In Ihrem Zustand würden Sie die Fahrt sowieso niemals überleben ... Wo wollen Sie überhaupt hin?«

So schlecht sich Indy auch fühlte, auf diesen alten Trick fiel er schon gar nicht herein. »Das würden Sie wohl gerne wissen, nicht wahr?« fragte er spöttisch.

»Also, eigentlich ist es mir völlig egal«, sagte der Deutsche. »Ich bin einzig und allein um Ihre Gesundheit besorgt.«

Indy verzog das Gesicht. Seine Miene signalisierte Enttäuschung. »Ich habe meine Befehle«, erwiderte er ausweichend.

Der Arzt seufzte. »Junger Mann, Sie würden Ihren

Befehlen und sich selbst kaum etwas nützen, wenn Sie tot sind, meinen Sie nicht? Sehen Sie sich doch an! Sie können ja noch nicht mal das Gewehr richtig festhalten! Und jetzt kommen Sie endlich mit mir zurück ins Krankenhaus und legen sich ins Bett. Sie müssen erst einmal richtig zu Kräften kommen.«

»Ich werde mich hier an Ort und Stelle erholen«, erklärte Indy stur. Er war entschlossen, nicht auf die Tricks dieses Mannes hereinzufallen.

Der Deutsche seufzte erneut und blickte mit einem verzweifelten Ausdruck zum Himmel. »Mein Gott, was für ein Idiot! Ein richtiger Holzkopf«, schimpfte er auf Deutsch, in dem Glauben, daß der belgische Captain ihn nicht verstand.

»Ich warne Sie!« entgegnete Indy. »Wenn auch nur ein einziger deutscher Soldat in die Nähe dieses Schiffs gelangt, zünde ich die Dynamitladungen, und wir fliegen mitsamt Ihrem ganzen Krankenhaus geradewegs in die Hölle!«

Der Arzt war von Indys Drohungen immer noch nicht im mindesten beeindruckt. »Na ja, dann kann ich nur hoffen, daß sie nicht zu spät kommen«, meinte er gleichgültig. »Die Explosion würde sonst nämlich meine Frau wecken. Und die braucht ihren Schlaf.«

Er betrachtete den jungen Captain mit einem letzten mitleidigen Blick, drehte sich um und ließ Indy dann einfach an Deck sitzen. Während er über das Laufbrett an Land balancierte, rief er über die Schulter: »Und wenn Sie sich selbst in die Luft sprengen wollen, dann tun Sie das möglichst nicht an meiner Anlegestelle! Die brauche ich nämlich dringend, und zwar unbeschädigt und in einem Stück.«

Sobald der Deutsche verschwunden war, kümmerte sich Indy um die Sprengladung. Er machte die Enden der Kupferdrähte mit den Zähnen blank und verknotete sie anschließend miteinander. Dies war an sich eine relativ einfache Arbeit, doch in seinem Zustand brauchte Indy mehrere Minuten dazu. Seine Finger zitterten, und es passierte immer wieder, daß ihm die Drahtenden aus den Fingern rutschten und er in der Dunkelheit tastend danach suchen mußte.

Endlich gelang es ihm, sie einigermaßen fest miteinander zu verbinden, und das Schiff wurde erneut zu einer schwimmenden Bombe, die jederzeit hochgehen konnte.

Indy kauerte sich hinter das Maschinengewehr, plazierte den Sprengkasten zwischen seinen Füßen und legte sich das Gewehr schußbereit quer über die Knie. Er war entschlossen, keinen Deutschen an das Schiff und seine äußerst wertvolle Ladung heranzulassen. Er mußte um jeden Preis verhindern, daß der Feind die Waffen in seine Hände bekam, auch wenn dies dann das letzte wäre, was er in seinem Leben tun sollte.

Eine halbe Stunde verstrich, und Indy überlegte, was geschehen würde, wenn er einschliefe. Ob Remy und die anderen es schaffen könnten, aus dem Krankenhaus zu fliehen, um ihn bei seiner Wache abzulösen? Wenn es ihnen nicht gelänge, dann war er unschlüssig, was er als nächstes tun sollte. Hatte der Deutsche vielleicht recht? War er tatsächlich zu schwach, um aus eigener Kraft und allein die Rückfahrt zu schaffen?

Indy döste allmählich ein, als ihn ein Geräusch zusammenzucken ließ. Er sah sich nervös um und erkannte eine dunkle Erscheinung, die sich über den Anlegesteg direkt auf ihn zubewegte. Während sich die Gestalt bewegte, klapperte und klirrte es, als würde sie eine lange schwere Eisenkette hinter sich herschleifen. Indy wagte kaum zu atmen, hob sein Gewehr und zielte auf die Erscheinung.

Als sie ihn fast erreicht hatte, legte er den Sicherungsflügel an seinem Gewehr um.

»Guten Abend«, sagte eine deutsche Stimme und fuhr auf Französisch fort: »Ich bin Madame Schweitzer. Sie können ruhig Helene zu mir sagen.«

Indy lachte vor Erleichterung fast laut auf, als er die Gestalt einer freundlich aussehenden Frau aus der Dunkelheit auftauchen sah. Sie trug ein Tablett, auf dem eine Teekanne und eine Tasse mit Untertasse standen, die bei jedem Schritt der Frau leise klirrten. Als sie erstaunt auf Indys Gewehr blickte, ließ er es verlegen herabsinken.

»Albert sagte mir, Sie seien hier unten«, erklärte sie mit ruhiger Stimme ihre Anwesenheit. »Daher dachte ich mir, Sie könnten vielleicht etwas Tee gebrauchen.« Sie setzte das Tablett auf einer Kiste in der Nähe ab, schenkte eine Tasse voll und reichte sie Indy. »Trinken Sie. Es wird Ihnen guttun.«

Indy nahm die Tasse entgegen. Er wußte nicht genau, was er sagen sollte. »Äh ... vielen Dank, Madame Schweitzer ...«

»Gern geschehen«, erwiderte Helene, und dann betrachtete sie wehmütig das schwere Maschinengewehr. »Wissen Sie, Sie sollten sich wegen Ihrer dummen Gewehre nicht so viele Sorgen machen. Sie liegen schon seit fünf Tagen hier auf diesem Schiff, und bisher hat sich niemand für sie interessiert.«

»Fünf Tage?« fragte Indy entgeistert. »Soll das heißen, ich bin schon seit fünf Tagen hier?«

Helene Schweitzer nickte. »Ja. Sie hatten fünf Tage lang hohes Fieber. Wir sind so froh, daß es Ihnen wieder besser geht.«

Die Frau des Arztes lächelte Indy freundlich an, ehe sie sich mit einem Kopfnicken verabschiedete und zur Siedlung am Berghang zurückkehrte. Indy sah ihr nach und wußte nicht mehr, was er denken sollte.

Wir befinden uns mitten im schlimmsten Krieg, den die Welt je gesehen hat, sagte er sich. Die Deutschen sind unsere Feinde. Eigentlich dürften sie sich gar nicht benehmen wie normale Menschen ...

Dabei fiel ihm ein, weshalb die freundliche Dame ihn aufgesucht hatte. Er hielt immer noch die Tasse Tee in der Hand. In diesem Moment wurde ihm auch bewußt, wie durstig er war.

Offensichtlich hatte er während des fünftägigen Fieberanfalls eine Menge Flüssigkeit verloren, so daß sein Körper wie ein ausgetrockneter Schwamm reagierte.

Er nahm die Tasse hoch, nippte daran und sog den würzigen Teeduft genüßlich ein. Helene hatte recht, das war tatsächlich genau das, was er jetzt dringend brauchte.

Sein Mißtrauen war allerdings noch nicht gänzlich ausgeräumt. So leicht ließ er sich nicht einwickeln. Immerhin konnte der Besuch von Madame Schweitzer durchaus eine Kriegslist gewesen sein, um ihn in Sicherheit zu wiegen. Auf jeden Fall würde er auf dem Posten bleiben und bis zum Morgen Wache halten. Dann würde er nach seinen Kameraden sehen und mit ihnen gemeinsam überlegen, welche Maßnahmen sie ergreifen sollten, um diese gastliche Stätte so bald wie möglich verlassen zu können.

Die Sonne entwickelte bereits in den frühen Morgenstunden eine enorme Hitze. Indy kauerte sich instinktiv zusammen, als suchte er Schutz vor den sengenden Strahlen. Dabei stieß sein Kopf heftig gegen eine harte Kante. Der Schmerz ließ ihn aufwachen. Indy schlug die Augen auf und erkannte das Gesicht des Mannes, mit dem er damals auf dem Schiff gekämpft hatte. Der Schwarze hockte auf dem Anlegesteg an der Bordwand des Schiffes und beobachtete ihn.

Schnell griff Indy nach dem Gewehr und richtete es auf den Mann, der ihn daraufhin freundlich anlächelte und die Hände in einer Geste der Kapitulation hob.

Wie lange hatte dieser Mensch bereits dort gesessen, während Indy noch in den tiefsten Träumen war? Und warum hatte er sich nicht an den Waffen zu schaffen gemacht? Sollte dieser Albert etwa doch die

Wahrheit gesagt haben, als er meinte, daß sich niemand für die Waffen interessieren würde?

Indy wollte etwas sagen, doch die Stimme versagte ihm. Seine Kehle war schon wieder völlig ausgetrocknet. Die Tasse Tee, die er während der Nacht getrunken hatte, stand neben dem Maschinengewehr. Doch leider war sie leer.

»Guten Morgen, mein Name ist Joseph Azowani«, sagte der Schwarze gutgelaunt. »Wie fühlen Sie sich heute, Captain?«

Indy wußte selbst nicht so genau, wie er sich fühlte. Zwar hatte er sich von der Krankheit weiter erholt, aber dafür schmerzte ihn jetzt sein ganzer Körper. Diese Schiffsplanken waren ziemlich hart. Er betrachtete den Fremden eingehend.

»Warum haben Sie sich neulich, als Sie an Bord kamen, nicht bemerkbar gemacht?« fragte Indy, noch immer das Gewehr auf den Mann gerichtet.

»Sie machten nicht gerade den Eindruck, daß Sie mir in Ruhe zuhören würden, wenn ich Sie freundlich darum bäte«, erwiderte der Schwarze. »Und außerdem hatte ich andere Probleme. Zum Beispiel mußte ich zuerst einmal dafür sorgen, daß ich nicht in Fetzen geschossen wurde. Denn das hatten Sie ja wohl vor.«

Indy warf einen Blick auf das Gewehr, das er immer noch auf den Mann gerichtet hielt; dann entsicherte er es und legte es zur Seite.

»Bei der Gelegenheit möchte ich mich übrigens bei Ihnen dafür entschuldigen, daß ich Ihnen einen Kinnhaken verpaßt habe. Aber es war meine einzige Chance«, sagte Joseph, während er langsam die Hände sinken ließ.

»Ist schon in Ordnung«, sagte Indy. »Vergessen Sie's.«

»Das freut und erleichtert mich enorm.« Der Mann lachte und reichte Indy ein Glas Wasser und eine Tablette. »Die sollen Sie einnehmen, sobald Sie wach sind.«

Als er sah, daß Indy zögerte, fügte er schmunzelnd hinzu: »Ärztliche Vorschrift!«

Indy griff nach der Tablette, steckte sie in den Mund und schluckte sie gehorsam herunter. Bis jetzt hat niemand hier versucht, mir in irgendeiner Form Schaden zuzufügen, dachte er, im Gegenteil ... Vielleicht sollte ich mein Mißtrauen langsam mal ablegen.

Jetzt erst wurde ihm ein stetiger Lärm und eine allgemeine Unruhe am Flußufer bewußt. Der Mann half ihm auf die Füße, dann schauten sie gemeinsam zum Land: Scharen von Menschen stiegen den Berg hinauf zum Krankenhaus. Einige waren halbnackt, andere trugen farbenfrohe Kleidung, die jeweils Hinweise auf den Stamm lieferte, dem der Träger angehörte. Da waren Männer, Frauen, Kinder, jung und alt, und manchmal zogen sogar ganze Familien an ihnen vorbei.

Einige humpelten, andere, die zu schwach waren, um allein zu gehen, wurden von ihren Freunden gestützt. Viele hatten tropische Früchte wie Bananen und Mangos und leuchtendbunte Stoffe als Geschenke mitgebracht.

Ständig landeten neue Einbäume an der Anlegestelle, oder eine weitere Gruppe Eingeborener erschien aus dem Urwald, um zum Krankenhaus hinaufzusteigen.

»Woher kommen all diese Menschen?« erkundigte sich Indy.

»Von nah und fern, einfach von überall her«, antwortete Joseph. »Einige sind sogar mehrere Tage lag unterwegs, um ihren Ogana zu sehen.«

»Was ist denn Ogana?«

»Ogana ist kein Was, sondern ein Wer«, korrigierte Joseph. »Er ist ihr Arzt – Doktor Albert Schweitzer. Kommen Sie, junger Captain, lassen Sie uns zu ihm gehen.«

14
Der Urwaldarzt

Indy mußte sich auf Joseph stützen, als sie über die Bordwand kletterten, um Albert Schweitzer aufzusuchen. Es würde wohl immer noch einige Zeit dauern, bis er wieder vollkommen gesund war.

Die beiden drängten sich durch die Menschenmassen, die geduldig warteten, bis ihr Doktor Zeit für sie hatte.

Joseph erklärte Indy, daß Schweitzer vor vier Jahren zusammen mit seiner Ehefrau in diese Gegend gekommen war, um die Eingeborenen ärztlich zu versorgen. Die meisten der dort lebenden Menschen befanden sich auf Grund mangelhafter Ernährung in einem ziemlich schlechten Gesundheitszustand.

So üppig der Dschungel auch erschien und so günstig die Boden- und Witterungsverhältnisse für sein Gedeihen auch sein mochten, brachte er doch kaum ausreichend Nahrungsmittel hervor. Der Speiseplan der meisten Eingeborenen enthielt nahezu ausschließlich Yamswurzeln, Bananen und Maniok, die zerkleinerten Wurzeln des Kassawabaums. Bei einer derart mageren Kost waren die Menschen hier besonders anfällig für alle möglichen Krankheiten wie beispielsweise Malaria oder Lepra. Die Ankunft der Europäer in Afrika bescherte den Schwarzen außerdem westliche Krankheiten wie Rippenfellentzündung und sogar Nikotinvergiftung.

Mit seinem Wissen über westliche Medikamente und Behandlungsmethoden war Schweitzer für diese Region wie ein Geschenk Gottes, und sein Ruhm breitete sich explosionsartig aus. Die Menschen strömten von fern und nah herbei, um ihn in seinem Krankenhaus unweit des Dorfs Lambaréné aufzusuchen.

In den ersten neun Monaten nach Gründung des Hospitals hatte er bereits fast 2000 Kranke behandelt. Indy fand es unvorstellbar, daß ein einziger Arzt und seine kleine Helferschar sich um so viele Menschen kümmern konnten.

Als sie sich dem Krankenhaus näherten, entdeckte Indy Zimu, einen seiner Soldaten und ein Freund von Barthélémy. Er saß auf dem Erdboden, unterhielt sich auf Ubangi mit einem anderen Patienten und verzehrte ein Frühstück aus Yams und Maniok.

»Zimu!« rief Indiana Jones erleichtert. Er kramte seine wenigen Brocken Swahili zusammen und fragte den jungen Mann, wie es ihm gehe.

Zimu grinste, daß die weißen Zähne in dem schwarzen Gesicht blitzten, und erwiderte auf Englisch: »Schon viel besser, Capt'n.«

Joseph führte Indy zu dem großen Gebäude und durch einen langen Korridor, in dem viele Menschen geduldig auf Holzbänken saßen und darauf warteten, daß Schweitzer zu ihnen kam. Es war noch nicht einmal neun Uhr, aber die Flure waren bereits total überfüllt.

Der liebenswürdige Schwarze brachte Indy ins Behandlungszimmer, das gleichzeitig als Operationssaal diente – ein kleiner Raum, der gerade vier mal vier Meter maß.

Schweitzer war soeben damit beschäftigt, den Arm eines Jungen zu verbinden, als sie eintraten.

»Aha, unser Monsieur Dynamit, der Kämpfer gegen Tod und Kaiser!« sagte er mit leisem Spott, als er Indy entdeckte. »Wie ich sehe, sind Sie noch unversehrt. Das nenne ich Glück ...«

»Wie geht es meinen Männern, Doktor?«

»Fünf leben noch, Sie mitgerechnet.«

»Und wie steht es mit Remy, dem anderen europäischen Offizier?« erkundigte sich Indy und betete im stillen um die Antwort, die er hören wollte.

Schweitzer lächelte. »Er hat schon nach Ihnen gefragt – genaugenommen haben wir es bisher nicht geschafft, ihn zum Schweigen zu bringen. Er randaliert ziemlich rum. Kommen Sie, ich bringe Sie zu ihm.«

Indy atmete erleichtert auf. »Gott sei Dank, er kommt also durch?«

Schweitzer nickte. »Wenn man es recht bedenkt, dann grenzt es geradezu an ein Wunder«, sagte er. »Der Mann hat eine Verfassung wie ein Ochse ...«

»Und wie sehen seine Füße aus?«

»Die Sandflöhe haben sich in seine Fußsohlen gegraben, um dort ihre Eier abzulegen«, erklärte Schweitzer. »Aber machen Sie sich keine Sorgen – er wird wieder laufen können. Ich habe die Eiersäcke entfernt und die Infektion behandelt. Er hatte ziemliches Glück. Ich mußte ihm nur zwei Zehen abnehmen.«

Der Doktor sicherte den Verband des Jungen mit einem Streifen Heftpflaster und ging dann mit Indy durch den Korridor zu einem großen Krankensaal. Als Schweitzer an den wartenden Menschen vorüberging, schauten ihn viele mit einem Ausdruck tiefer Ehrfurcht an. Für sie war Albert Schweitzer mit seinen medizinischen Kenntnissen fast so etwas wie ein Halbgott.

Der erste, den Indy im Krankensaal entdeckte, war Sloat, der Kapitän. Er lag in seinem Bett und begrüßte den jungen belgischen Offizier, indem er ihm fröhlich zuwinkte. Schweitzer brachte Indy an Remys Bett und ließ die beiden Freunde dann allein.

Remy war noch immer sehr blaß, aber er hatte offensichtlich die schwerste Phase des Fiebers überstanden.

Indy lachte. »Das hätte ich mir fast denken können, daß du die Gelegenheit nutzt und dich ins Bett legst und den lieben Gott einen guten Mann sein läßt«, sagte er.

»Hat der Arzt dir erzählt, daß ich zwei Zehen verloren habe?«

Indy nickte betroffen.

»Also sind noch acht übrig«, fuhr Remy fort, »und das sind mehr als genug, um dir kräftig in den Hintern zu treten.«

Indy grinste. Remy schien wieder ganz der alte zu sein. »Der Doktor meinte, du bist bald wieder auf den Beinen«, versicherte Indy ihm.

»Verlang' nur nicht von mir, daß ich mit dir tanzen soll ...«

»Das würde mir nicht mal im Traum einfallen – wer weiß, wieviele Zehen *ich* dabei verliere!« sagte er. Sie lachten, doch dann wurde Indy wieder ernst. »Es tut mir leid, Remy. Ich habe mich dumm verhalten ...«

Remy zuckte die Achseln, als machte ihm das überhaupt nichts aus. »C'est la vie«, sagte er dann und reichte seinem Freund die Hand. Indy schlug ein und war überaus erleichtert, daß die Krise ihrer Freundschaft endlich hinter ihnen lag. Nun blickte Remy zur Tür, durch die Schweitzer gerade hinausgegangen war. »Er ist ein feiner Kerl, dieser deutsche Doktor. Ich glaube, wir verdanken ihm unser Leben ...«

Nachdem Indy sich einige Zeit später von Remy verabschiedet und ihm versprochen hatte, bald wieder nach ihm zu sehen, schlenderte er durch das Krankenhaus und beobachtete Schweitzer bei seiner Arbeit, bei der ihm von Helene und Joseph tatkräftig geholfen wurde.

Joseph, so erfuhr er, war ausgebildeter Koch und hatte das Hospital zuerst als Patient aufgesucht. Doch dann war er dortgeblieben und hatte sich im Laufe der Zeit als williger und fähiger Assistent Albert Schweitzers erwiesen.

Frau Schweitzer lud Indy für den gleichen Abend zum Essen in ihr Haus ein. Indy folgte der Einladung gerne, auch wenn er sich ein wenig für sein Verhalten in der vergangenen Nacht schämte. Aber die Frau des Arztes nahm ihm das offensichtlich nicht übel.

Nach dem gelungenen Abendessen – Indy wußte nicht mehr, wann er das letzte Mal so gut gegessen hatte –, saßen sie noch für einige Zeit im Wohnzimmer des kleinen Urwaldhauses zusammen, während Schweitzer auf dem Klavier einige seiner Lieblingsstücke von Johann Sebastian Bach spielte. Dabei zeigte er das Können eines hochbegabten Pianisten und spielte so routiniert und sicher, als wäre dies sein eigentlicher Beruf. Indy genoß die Musik mindestens ebenso intensiv wie der Hauspelikan der Schweitzers, der neben dem Klavier hockte und im Takt zur Musik mit dem Kopf nickte.

Als der letzte Ton verklungen war, spendete Indy seinem Gastgeber begeisterten Applaus. Er gratulierte Schweitzer zu seinem hervorragenden Können, aber der Urwaldarzt winkte bescheiden ab.

»Die Musik Bachs lebt sozusagen aus sich selbst heraus«, meinte er etwas scherzhaft. »Sie erträgt sogar die Mißhandlung durch mein stümperhaftes Können.«

»Mein Mann ist einfach zu bescheiden«, meldete Helene sich zu Wort. »Damals in Europa war er als Konzertpianist sehr gefragt ...«

»Helene, bitte ...«, unterbrach Schweitzer sie verlegen.

Aber seine Frau war nicht mehr zu bremsen.

»... und er war ein hervorragender Lehrer und Dozent. Er besitzt Diplome in Philosophie, Theologie und Medizin, und er hat in allen Fächern Bücher geschrieben«, sagte sie und führte Indy zum Bücherregal, das fast bis zum Überquellen gefüllt war. Zwischen Büchern aus nahezu jedem wissenschaftlichen Fachgebiet standen auch die von Albert Schweitzer. Ihre Titel zeugten von seinem profunden Wissen und seinen weitgefächerten Interessen.

Indy zog eines der Bücher heraus und betrachtete es. »'Von Reimarus zu Wrede'«, las er in gebrochenem Deutsch und stieß einen anerkennenden Pfiff aus.

Neben den Büchern gab es Stapel von Zeitungen und wissenschaftlichen Magazinen, in denen Artikel von Albert Schweitzer erschienen waren. Indy war es unbegreiflich, woher ein Mensch die Zeit nahm, um all das zu schaffen und gleichzeitig ein Krankenhaus wie dieses zu betreiben.

Er kehrte zu Schweitzer zurück, der immer noch am Klavier saß.

»Ich hoffe, Sie nehmen mir meine neugierigen Fragen nicht übel«, begann er vorsichtig, »aber was zieht einen Menschen wie Sie hierher, in eine der finstersten Gegenden der Schöpfung?«

»Der Wunsch, ein Krankenhaus zu führen«, antwortete der Tropenarzt, ohne sein Klavierspiel zu unterbrechen.

»Ja, schön, daß Sie hier unentbehrlich sind, sehe ich ... Aber warum ausgerechnet hier?«

Schweitzer hielt inne. »Weil ich hier gebraucht werde«, sagte er einfach. Dann konzentrierte er sich wieder auf die Klaviertasten und spielte weiter.

»Aber Sie haben hier doch nicht die geringsten Aussichten«, sagte Indy. »Sie haben Europa einfach so verlassen und sind hergekommen? Ein Mann mit Ihrer Begabung, Ihrem Wissen ...«

»... sollte sein Können in den Dienst der Menschheit stellen«, führte Schweitzer den von Indy begonnenen Satz zu Ende. »Gott schenkt uns unsere Talente speziell zu diesem Zweck. Seine Begabung und sein Können nicht zu nutzen, ist die schlimmste aller Sünden.«

Indy lachte. »Dieses Gebot dürfte Moses wohl auf dem Berg vergessen haben.«

»Sie haben einen wachen Geist«, stellte Schweitzer fest und bedachte Indy mit einem leicht vorwurfsvollen Blick. »Ziemlich frech – aber wach.«

»Aber was können Sie denn hier erreichen?« wollte Indy wissen. »Auf diesem Kontinent gibt es unendlich viele Krankheiten. Sie tun doch hier nichts anderes, als sich allein gegen eine alles verschlingende Flut zur Wehr zu setzen!«

»Ich würde es eher als ein Aufsammeln von Steinen am Strand bezeichnen«, antwortete der Doktor. »Natürlich kann ich niemals alle aufsammeln, aber zumindest bekomme ich jeden Tag eine Handvoll zusammen. Und jeder Stein – jedes Leben – das ich rette, ist wertvoll. Ihr Leben habe ich schließlich auch gerettet.«

Dem konnte Indy nicht widersprechen.

»Kommen Sie, lassen Sie uns zusammen spielen«, sagte Schweitzer und rutschte auf dem Hocker ein Stück zur Seite, um Indy Platz zu machen.

»Ich hatte zwar früher Klavierstunden, aber ich war nicht besonders gut«, warnte Indy, als er sich an die erfolglosen Versuche seiner Mutter erinnerte, ihn wenigstens in die Grundregeln der Musik einzuweihen.

»Es ist nicht so wichtig, wie gut man ist«, erklärte Schweitzer. »Wichtig ist einzig und allein, daß man das, was man als Begabung in die Wiege gelegt bekommt, so weit wie möglich ausbildet, um damit die edelsten Ziele zu verfolgen.«

Er legte Indys Finger auf eine der Tasten und ließ ihn eine einzige Note anschlagen. Mit einer gewandten Geste in Richtung eines unsichtbaren Publikums verkündete er dann mit verschmitztem Lächeln: »Meine Damen und Herren, spitzen Sie die Ohren für das begnadetste Klavierduo der ganzen Provinz Gabun!«

»Das *einzige* Klavierduo der Provinz Gabun«, sagte Indy lachend.

Und durch die schwülwarme Luft des Dschungels, Tausende von Kilometern vom nächsten Konzertsaal entfernt, zogen die Klänge des Flohwalzers, gespielt von zwei Händen und einem einzelnen Finger ...

15

Der Sohn des Häuptlings

Früh am nächsten Tag wurde die Ruhe des Krankenhauses merklich gestört, als ein Einbaum am Anlegeplatz festmachte. Drei Eingeborene in bunten Gewändern kletterten aus dem Boot und rannten eilig den Berg hinauf. Sie drängten sich zwischen den anderen Rat- und Hilfesuchenden hindurch, stießen alle beiseite, die sich nicht schnell genug in Sicherheit bringen konnten, und riefen aufgeregt: »Oganga! Oganga! Oganga!«

Sie fanden den Doktor und Indiana Jones im Behandlungszimmer, wo sie gerade das Bein eines alten Mannes verbanden. Als die drei Fremden Albert Schweitzer entdeckten, fielen sie vor ihm auf die Knie. Das taten sie hauptsächlich vor Erschöpfung, aber zum Teil auch aus Respekt. Dann redeten sie fieberhaft in ihrer Sprache auf den Arzt ein.

Schweitzer wandte sich zu Joseph um, der gerade in der Tür stand. Er war gekommen, um nachzusehen, was die Unruhe zu bedeuten habe.

»Was meinen sie?«

Joseph übersetzte für Schweitzer und Indy. »Diese Männer gehören zum Pahouinstamm, der sein Gebiet ein Stück flußaufwärts hat ... Sie sind die ganze Nacht gepaddelt. Ihr Häuptling hat sie ausgeschickt, um Oganga zu holen ... Der Sohn des Häuptlings liegt im Sterben.«

»Welche Symptome hat er denn?« fragte Schweitzer gespannt, während er das Bein des alten Mannes weiterbehandelte. Joseph übersetzte die Frage, und die Pahouin faßten sich an die Bäuche, verzerrten die Gesichter, als hätten sie große Schmerzen, und begannen zu jammern. Indy konnte aus dieser Pantomime nicht viel erkennen, aber Schweitzer hatte offensichtlich bereits eine Diagnose gestellt.

»Auf den ersten Blick würde ich sagen, es ist ein eingeklemmter Bruch«, vermutete der Tropendoktor.

»Ist das schlimm?« fragte Indy.

»Es ist sogar tödlich«, erwiderte Schweitzer. Tatsächlich waren eingeklemmte Leistenbrüche, bei denen der Darm abgeschnürt wird und sich im abgeklemmten Teil eine Infektion entwickelt, eine in Afrika weitverbreitete Todesursache.

»Sie bitten Oganga, sofort mitzukommen«, fuhr Joseph fort. »Sie sagen, sie würden Sie zu ihrem Stamm flußaufwärts bringen.«

Schweitzer schüttelte den Kopf. »Wie denn? Diese Männer sind doch total erschöpft und wohl kaum in der Konstitution, uns irgendwohin zu bringen.«

»Zufälligerweise kann ich mit einem Schiff aushelfen«, sagte Indy betont beiläufig, als wäre dies die selbstverständlichste Sache von der Welt.

»Ist die Miete denn halbwegs erschwinglich?«

Indy nickte. »Nur etwas Holz für die Feuerung. Niedriger kann ich mit dem Preis nicht gehen.«

»Abgemacht«, sagte Albert Schweitzer und packte eilig seine medizinischen Utensilien zusammen, während Indy den Berg zur Anlegestelle hinunterrannte, um Sloats Dampfer für die Fahrt vorzubereiten. Wenn sie das Leben des Häuptlingssohnes retten wollten, durften sie keine Minute verlieren.

Die Abenddämmerung setzte bereits ein, als der Raddampfer auf dem Fluß in der Nähe des Pahouindorfs vor Anker ging. Obgleich sie völlig erschöpft waren, hatten die drei Pahouin darauf bestanden, Indy, Albert Schweitzer und Joseph zu begleiten, und sie hatten immer wieder über das Tempo des Schiffs gestaunt, das geradezu über die Wellen zu fliegen schien.

Sobald das Dorf in Sichtweite war, paddelten sie mit ihrem Kanu zum Ufer, wo sie von einem großen Empfangskomitee begrüßt wurden, das laut Schweitzers Namen rief. Die Pahouin nahmen die beiden Weißen in ihre Mitte und führten sie den kurzen Weg durch den Dschungel zu ihrem Dorf.

Der Häuptling, ein alter und hagerer Mann, erwartete sie bereits vor einer großen Hütte. Trotz seiner farbenprächtigen und mit reichen Verzierungen ausgestatteten Kleidung und einem Kopfschmuck aus Papageienfedern war ihm seine Verzweiflung und Hilflosigkeit deutlich anzumerken, als er einige Worte in seiner Sprache sagte und dabei auf die Hütte wies. Von dort erklangen immer wieder kurze furchtbare Schmerzensschreie.

»Der Häuptling ist sehr dankbar, daß Sie hergekommen sind«, übersetzte Joseph. »Er bittet Oganga, seinem Sohn zu helfen.«

Der alte Mann führte sie zu der Hütte, in der sein Sohn auf einem Bett auf der Erde lag und sich qualvoll krümmte. Er hatte die Hände in seinen Bauch gekrallt und schrie immer dann auf, wenn neue Schmerzwellen durch seinen Körper rasten.

Indy wußte nicht, was er tun sollte, um dem jungen Eingeborenen zu helfen, doch Schweitzer übernahm sofort das Kommando und bat Indy und Joseph, den Mann festzuhalten. Er öffnete seine Arzttasche und füllte eine Spritze mit einer farblosen Flüssigkeit. Als er die Nadel sah, bäumte sich der Häuptlingssohn auf und schrie noch lauter.

»Ihr sollt ihn festhalten, hab' ich gesagt!« befahl Albert Schweitzer in schroffem Ton. »Er bricht sonst die Nadel ab!«

Indy und Joseph mußten ihre ganze Kraft einsetzen und den Patienten gewaltsam zu Boden drücken, bis Schweitzer es endlich schaffte, ihm die notwendige Injektion zu geben. Fast im gleichen Moment entfaltete die gespritzte Substanz ihre Wirkung, und das verkrampfte Gesicht des jungen Mannes entspannte sich, seine lauten Schreie wurden zu einem leisen Stöhnen. Indy richtete sich langsam auf und stieß einen erleichterten Seufzer aus.

»Sind wir denn wenigstens rechtzeitig gekommen?« fragte er.

»Ich denke schon – dank Ihrer Mithilfe«, antwortete Albert Schweitzer lächelnd.

Joseph holte unterdessen eine Reihe chirurgischer Instrumente aus Schweitzers Tasche und legte sie auf einem Tuch bereit, das er vorher auf dem Hüttenboden ausgebreitet hatte. Der deutsche Arzt tauchte seine Hände in eine Schüssel mit Desinfektionsmittel und fing an, seine Finger sorgfältig abzuschrubben. Dabei bedeutete er Indy, er solle das gleiche tun.

Während er die Aufforderung befolgte, fragte Indy: »Was heißt denn dieses ›Oganga‹?«

»Soviel wie Medizinmann oder Heiler«, entgegnete Schweitzer. »Die genaue Übersetzung würde lauten: ›der das Leben gibt und nimmt‹.«

»Der das Leben gibt und nimmt?«

»Ja, richtig«, bestätigte Schweitzer und zeigte Joseph die Stelle auf dem Körper des Häuptlingssohnes, die er mit dem Desinfektionsmittel abreiben sollte.

»Diese Stämme haben keine Ahnung von Anästhesie. Wenn ich einen Patienten betäube, denken sie, ich nehme ihm das Leben. Wenn er dann nach der Operation wieder aufwacht, sind sie davon überzeugt, daß ich ihm sein Leben wieder zurückgegeben habe. Daher bin ich derjenige, der das Leben gibt und nimmt – Oganga. Können wir jetzt anfangen?«

Mittlerweile hatte die Dunkelheit das Dorf eingehüllt. Schweitzer und Indiana Jones waren bereits seit einiger Zeit in der Hütte des Stammesoberhaupts und operierten im Schein einer Petroleumlampe dessen Sohn.

Der alte Häuptling und seine zahlreichen Frauen hatten sich in die Hütte gedrängt und verfolgten aufmerksam jeden Schritt der Operation. Draußen, vor der Hütte, versammelten sich die Mitglieder des Stammes und warteten auf Neuigkeiten. Sie saßen schon seit mehreren Stunden dort.

Nach einer halben Ewigkeit richtete sich Albert Schweitzer auf und wischte sich mit dem Handrücken über seine schweißgetränkte Stirn. Während Indy die Instrumente zusammenpackte und in der Tasche verstaute, überprüfte Joseph die Reaktionen des Patienten, indem er ihm mit der Lampe ins Gesicht leuchtete. Die Augenlider des jungen Mannes flatterten und öffneten sich langsam. Allmählich kam er wieder zu sich und begriff nach und nach, wo er sich befand.

Plötzlich gab er einen lauten Freudenlaut von sich, der Indy zusammenzucken ließ. Dann plapperte er wild drauflos, wobei Freudentränen über sein Gesicht rannten.

»Was sagt er?« wollte Indy von Joseph wissen.

»›Meine Schmerzen sind verschwunden!‹«

Der alte Häuptling und seine Frauen strahlten vor Freude und äußerten sich bewundernd über Schweitzers »Zauber«.

»Er sagt: ›Vielen Dank, Oganga, daß du mir die Schmerzen weggenommen hast‹«, übersetzte Joseph weiter.

Schweitzer bedankte sich mit einem Kopfnicken und bemerkte: »Sie müssen ihm jetzt etwas von mir bestellen ...« Er beugte sich zu seinem Patienten herab, und Joseph übersetzte die Worte des Arztes in die Pahouinsprache.

»Du gehörst jetzt zur Bruderschaft des Schmerzes«, sagte Schweitzer. »Du hast gelernt, was es wirklich heißt zu leiden – und was es heißt, wenn dieses Leiden gelindert wird. Jetzt mußt du es zur Aufgabe deines Lebens machen, andere Menschen von ihren Leiden zu befreien, wenn du es vermagst – und ihnen niemals Leid zuzufügen.«

Der Häuptlingssohn sah Schweitzer aufmerksam an. Als der Arzt fertig war, griff der Geheilte nach seiner Hand und drückte sie. In seinen Augen lag ein Ausdruck unendlichen Respekts, ja, der Ehrfurcht. Er bedankte sich noch einmal murmelnd und versprach, in Zukunft das zu tun, worum Schweitzer ihn gebeten hatte.

Der Urwaldarzt wandte sich zu Indy um und lächelte ihn herausfordernd an.

»Sehen Sie nur in das Gesicht dieses jungen Mannes. Wissen Sie immer noch nicht, weshalb ich nach Afrika gekommen bin?«

»Doch«, antwortete Indy leise, »ich weiß es.«

Schweitzer hatte schon wieder einen Menschen vor dem sicheren Tod bewahrt und mit ein wenig Glück sein Leben verändert.

Der Arzt, Indy und Joseph verließen die Hütte unter dem ausgelassenem Jubel der wartenden Menge. Männer drängten sich an Albert Schweitzer heran und klopften ihm auf den Rücken, einige Frauen versuchten sogar, ihn zu küssen.

Der Häuptling gebot durch ein knappes Handzeichen allgemeines Schweigen und bedankte sich, mit Josephs Hilfe als Übersetzer, noch einmal bei dem Weißen.

Dann wurde Schweitzer mit Geschenken geradezu überhäuft. Er erhielt körbeweise Obst, wunderschöne feine Stoffe, kunstvoll geflochtene Weidenkörbe, lebendige Hühner und sogar eine Ziege. Schweitzer nahm all das dankend an und erklärte dem Häuptling, daß diese Gaben ihm eine große Hilfe bei seiner Arbeit im Krankenhaus seien.

Danach geleitete der Häuptling seine Ehrengäste zu einem großen Feuer, wo ein Festmahl vorbereitet worden war. Indy ließ sich nicht lange bitten und griff reichlich zu, während der Häuptling sich mit Albert Schweitzer unterhielt.

Joseph, der auch diesmal den Dolmetscher spielte, hörte aufmerksam zu und übersetzte.

»Der Häuptling erkundigt sich nach dem Krieg in Europa«, sagte Joseph. »Er möchte wissen, ob viele Männer getötet wurden.«

Schweitzer nickte, und Joseph fuhr fort: »Sind es mehr als drei?«

»Ja, mehr als drei«, erwiderte Schweitzer traurig, und Joseph gab die Information an den Häuptling weiter, der darüber nachdachte und dann fragte: »Waren es zehn?«

»Ja, es waren zehn.«

Der Pahouin sah seinen Gast staunend an. Es war nicht zu übersehen, daß der Häuptling die Europäer für eine überaus seltsame Rasse hielt.

»Der Häuptling meint, das sei ein sehr schlimmer Krieg«, sagte Joseph. »Warum setzen sich eure Häuptlinge nicht zusammen und beraten? Wie können eure Stämme es sich leisten, für so viele tote Männer zu bezahlen?«

»Was meint er mit ›bezahlen‹«, fragte Indy, von dessen Kinn Fruchtsaft herabtropfte.

»Wenn hier zwei Stämme gegeneinander Krieg führen, muß jede Seite der anderen eine Art Entschädigung für die Männer zahlen, die getötet wurden«, erklärte Schweitzer.

»Eine Entschädigung?«

»Schweine, Ziegen, Hühner ...«

Indy war fassungslos. »Sie berechnen das menschliche Leben nach einem bestimmten Wert? Das ist doch barbarisch!«

»Wenigstens messen sie dem menschlichen Leben überhaupt einen gewissen Wert bei«, entgegnete Albert Schweitzer. »Das ist zumindest mehr, als ich von den Europäern behaupten kann.« Er zog einen zerknautschten Brief aus seiner Tasche und betrachtete ihn. »Der ist von meinem Vater Ludwig. Er ist Pastor in Günzbach in Deutschland, und er schreibt mir sehr oft über den Krieg. Erst kürzlich berichtete er von einem französischen Angriff auf eine deutsche Stellung. Die Generäle schickten eine Welle Soldaten nach der anderen einen Berghang hinauf, und die Deutschen mähten sie einfach mit Maschinengewehren nieder. Das Gemetzel dauerte mehrere Stunden, und als die französischen Generäle den Angriff schließlich abbliesen, hatten sie dreißigtausend Männer verloren. Die deutschen Verluste hingegen waren nur sehr gering.« Er lachte bitter. »Die militärische Lage blieb unverändert. Die Verhältnisse waren nach dieser Operation die gleichen wie vorher.«

Indy hörte schweigend zu, doch solche Informationen waren für ihn nichts Neues. In den Gräben von Verdun hatte er vielfach miterlebt, wie Männer unbarmherzig erschossen wurden, während die angreifende Armee nicht einen Fußbreit weit in feindliches Gelände vordringen konnte.

Schweitzer steckte den Brief zurück in seine Tasche. »Diese Menschen können sich kaum vorstellen, daß zehn Männer getötet wurden«, sagte er zornig. »Wie soll ich ihnen dann erklären, daß dreißigtausend junge Franzosen auf einem Schlachtfeld liegenbleiben, daß sie die Opfer einer Schlacht sind, die nur einen kurzen Vormittag gedauert hat? Oder daß in diesem Krieg bisher sieben oder acht Millionen Menschen umgekommen sind?«

Der Häuptling hatte erfolglos versucht, der Unterhaltung zu folgen, und machte eine leise Bemerkung zu Joseph, als Schweitzer und Indy verstummten.

»Was hat er gesagt?« fragte Indy .

»Er sagte: ›Die Europäer sind sicherlich sehr reich, wenn sie in einem einzigen Kampf zehn Männer töten können ...‹«

16
Die Rückkehr

Als Indy das letzte Mal den Ogowe hinaufgefahren war, hatte er auf einem Schiff mit neun halbtoten Männern gesessen. Keiner von ihnen hatte in diesem Zustand auch nur entfernt daran gedacht, sich den Dschungel eingehender anzusehen, der rechts und links die Uferzonen des Flusses säumte.

Damals war es ein Ort des Schreckens und der unbekannten Gefahren gewesen. Doch nun hatte Indy Gelegenheit, die andere Seite des Dschungels kennenzulernen. Er erlebte ihn als einen Ort tiefen Friedens, in dem man unbehelligt und im Einklang mit der Natur existieren konnte, ohne etwas Bedrohliches oder Todbringendes darin zu sehen. Sogar das zuvor so nervenaufreibende permanente Geschnatter der Affen konnte eine beruhigende Wirkung haben, war es doch ebenfalls ein Symbol für die zeitlose Gelassenheit und Majestät des Dschungels.

Der Urwald gab sich heute so, wie er seit jeher schon gewesen war und wie er wahrscheinlich für alle Ewigkeit sein würde. Das Leben der Pahouin, der Ubangi und all der anderen Stämme, die an seinen Flüssen wohnten, war seit Jahrhunderten stets in den gleichen Bahnen verlaufen, und nichts, nicht einmal die allmähliche Kolonisation des Kontinents durch den weißen Mann, schien daran etwas ändern zu können.

Sie waren hier Tausende von Kilometern von allem entfernt, was man im allgemeinen Zivilisation nannte. Aber nach dem Gespräch mit dem Pahouinhäuptling und bei dem Gedanken an all die Soldaten, die jeden Tag in Europa fielen, wußte Indy nicht mehr, was die sogenannte zivilisierte Welt tatsächlich darstellte.

»Die Zivilisation bricht um uns herum zusammen«, murmelte Albert Schweitzer nachdenklich, als sie im Bug des Schiffs standen und auf den Fluß blickten, der sich vor ihnen ausbreitete.

»Meinen Sie, wegen des Krieges?«

»Nein, der Krieg ist nicht die Ursache – er ist lediglich ein Symptom. Europa hat sich in den Krieg gestürzt, weil es seine Ideale verloren hat. Die Leute dort glauben, daß der Sieg des Starken über den Schwachen der Zivilisation weiterhilft, sie verbessert.«

Sie schwiegen lange, dann sah Albert Schweitzer seinen neuen Bekannten ernst an.

»Würde es Ihnen jemals einfallen, das Haus eines Fremden zu betreten, alle zu ermorden, die darin leben, und dann das Haus in Besitz zu nehmen?«

»Natürlich nicht«, erwiderte Indy.

»Und warum nicht?«

»Es wäre falsch, unrecht.«

»Das sagt Ihnen Ihr Herz«, fuhr Schweitzer fort. »Aber wenn Regierungen beschließen, in das Heim eines Fremden einzudringen und dort zu morden, unterstützen Millionen von Menschen, die genauso denken wie Sie, die Befehlshaber einer solchen Tat, und das sogar um den Preis ihres eigenen Lebens. Warum ist das so?«

»Das ist doch nicht das gleiche«, erwiderte Indy und ahnte schon voller Unbehagen, in welche Richtung die Unterhaltung zielte. Er erinnerte sich an die deutsche Invasion Belgiens und versuchte, Argumente für einen gerechten Krieg zu finden.

»Das zu glauben, hat man Sie gelehrt«, sagte der ältere Mann. »Die Gesellschaft will keine denkenden Menschen, die nach ihrer eigenen Überzeugung leben und handeln. Sie wünscht sich Diener, die das tun, was ihnen befohlen wird.«

»Ist das wirklich Ihre Überzeugung?«

Schweitzer nickte. »Ich sehe überall um mich herum

den Beweis dafür. Die Menschen ziehen es vor, den Regierenden das Denken zu überlassen. Das ist ja auch viel einfacher. Es befreit einen von der Notwendigkeit, eine eigene Entscheidung zu treffen, man braucht nur noch einer simplen Forderung zu gehorchen.«

»Aber wie sähe diese Welt aus, wenn kein Mensch sich darauf verlassen könnte, daß sein Vaterland seine Handlungen rechtfertigt. Was würde passieren, wenn der Mensch keine Ausreden, keine Möglichkeiten der Rechtfertigung mehr hätte. Wenn jeder Mensch für alles, was er tut oder getan hat, persönlich zur Rechenschaft gezogen werden könnte«, warf Indy ein.

»Die Hoffnung auf eine menschliche Zukunft«, sagte Schweitzer, »liegt nicht bei den Regierungen, bei den Nationen oder Religionen. Und auch nicht in den Sternen, sondern hier« – er tippte sich mit Zeigefinger auf die Brust. »Sie liegt einzig und allein im Herzen des Menschen.«

Der Arzt machte eine Pause, während der er liebevoll und gedankenverloren zu den Ufern des Flusses schaute.

»Es geschah auf diesem Fluß hier«, fuhr er dann fort, »während einer Heimfahrt im September 1915, als mein Geist einen bedeutsamen Gedanken verfolgte. Ich versenkte mich sozusagen in meinen eigenen Verstand und in mein Herz ...« Schweitzer lächelte bei der Erinnerung. Er schien sich köstlich darüber zu amüsieren. Dann wurde er gleich wieder ernst. »Ich erinnere mich, daß wir gerade an einer Nashornherde vorbeipaddelten, als mir plötzlich ein Gedanke – nein, vielleicht eher eine Phrase – durch den Kopf ging ... Ehrfurcht vor dem Leben, lautete dieser Gedanke. Alles, was ich bin und sein werde, erwächst daraus und führt wieder darauf zurück.«

»Aber was bedeutet das?« fragte Indy etwas ratlos.

»Ist Ihnen Ihr eigenes Leben wertvoll?« fragte Schweitzer. »Wollen Sie auch künftig leben?«

»Natürlich will ich das.«

»Das ist der grundlegendste Bewußtseinszustand, den Sie mit allen anderen Lebewesen gemeinsam haben«, erklärte Schweitzer. »Jedes Lebewesen möchte weiterleben. Der denkende Mensch blickt in sein Herz und stellt fest: Ich lebe und habe den Willen, mit anderen zusammenzuleben.«

Schweitzer breitete die Arme aus, als wollte er den gesamten Dschungel umschlingen und an sein Herz drücken. »Sehen Sie sich um, Soldat. Das Leben ist überall. Es kriecht, es fliegt, es rennt, es blökt ... es baut Kirchen und komponiert Symphonien. Aber am heftigsten will es leben und weiterleben. Das ist es, was alles Leben miteinander verbindet. Wir alle sind Teil eines Ganzen und müssen ihm Respekt zollen. Der denkende Mensch erkennt das und mißt jedem fremden Leben den gleichen Wert, die gleiche Bedeutung zu wie seinem eigenen.«

Indy glaubte, einen Fehler in Schweitzers Argumentation gefunden zu haben. »Aber manchmal ist es doch unvermeidlich, jemandem das Leben zu nehmen«, sagte er. »Um essen zu können, muß ich jagen. Wenn mich ein Leopard angreift, dann muß ich ihn erschießen!«

Schweitzer lächelte freundlich. »Wenn Sie irgendwelche Orientierungshilfen suchen, Captain, dann sind Sie hier am falschen Ort. Ehrfurcht ist ein Bewußtseinszustand, keine Folge von Regeln und Vorschriften. Es gibt keine Gebote, die in Stein gemeißelt sind. Es wird nichts verlangt, und es ist nichts verboten. Aber man muß reflektieren, man muß sich die eigenen Entscheidungen bewußt machen!«

»Was soll ich mir daran bewußt machen?« fragte Indy.

»Daß alles gut ist, was das Leben erhält und es verbessert. Schlecht ist all das, was Leben zerstört oder ihm schadet«, erklärte Albert Schweitzer. »Wenn Sie einmal dort angelangt sind, dann treffen Sie nur noch Ihre eigenen Entscheidungen ...«

Schweitzer bedachte Indy mit einem wissenden Blick. Sie hatten sich beide oft genug in Positionen befunden, in denen sie wichtige Entscheidungen fällen mußten, und Indy erinnerte sich gut daran, wie schwer die Verantwortung dafür wiegen konnte.

17
Ankunft mit Schrecken

Sobald sie die Biegung des Flusses hinter sich gelassen hatten und Kurs auf das Krankenhaus nahmen, wußten sie, daß irgend etwas nicht stimmte. Um diese späte Uhrzeit war normalerweise alles dunkel. Höchstens das eine oder andere Fenster in den Krankensälen hätte durch eine Petroleumlampe erleuchtet sein dürfen, wenn einer der Patienten keinen Schlaf fand und medizinisch versorgt wurde.

Statt dessen aber war das Krankenhaus hell erleuchtet, und es herrschte eine hektische Geschäftigkeit. Ein starker Suchscheinwerfer auf einem Schiff, das an der Anlegestelle festgemacht hatte, überstrich die Gegend, bis der Lichtstrahl auf ihren Dampfer fiel.

Jetzt hatten sie keine andere Wahl mehr, als auf das Flußufer und die Anlegestelle zuzusteuern. Es war vollkommen unmöglich, ungesehen davonzukommen. Indy warf Schweitzer und Joseph einen besorgten Blick zu. War das Krankenhaus etwa von feindlichen Soldaten besetzt worden?

Sie gingen an der Anlegestelle vor Anker, und Indy schaute über das Schiffsgeländer. Eine kleine Gruppe Soldaten, die Gewehre im Anschlag, erwartete sie. Vor dem hellen Hintergrund und ab und zu vom Scheinwerferkegel voll getroffen, wirkten sie unheimlich und bedrohlich.

»Was hat das alles zu bedeuten?« rief Indy hinüber. »Wer hat hier den Befehl?«

Eine Gestalt in der Uniform eines französischen Offiziers löste sich aus der Gruppe und trat vor. »Captain Rostand von der französischen Armee«, antwortete er. »Ist Albert Schweitzer bei Ihnen an Bord?«

Schweitzer machte einen Schritt vorwärts und blinzelte geblendet ins grelle Licht des Suchscheinwerfers. »Ich bin Albert Schweitzer.«

»Doktor Schweitzer, bitte verlassen Sie unverzüglich das Schiff. Ich habe Befehl, Sie in Gewahrsam zu nehmen!«

»Warum?« fragte der Arzt. »Was habe ich getan?«

»Tun Sie bitte, was ich sage.«

Schweitzer zuckte die Achseln. Er wußte, daß es sinnlos war, einem Armeeoffizier zu widersprechen, vor allem wenn er ein Dutzend schwerbewaffneter Soldaten befehligte. Müde half er Indy und Joseph, das Schiff festzumachen, und schob das Laufbrett an Land. Sobald sie festen Boden betraten, geleitete ein Soldatentrupp ihn zügig den Berg hinauf. Indy und Joseph folgten ihm.

Im Krankenhaus herrschte Chaos. Mehrere Schwarze wurden von den französischen Soldaten beaufsichtigt, während sie medizinische Geräte in Kisten und Kartons verpackten und sie auf das französische Schiff brachten. Ihre Gesichter und ihre Haltung verrieten, daß sie diese Arbeit nur widerstrebend ausführten.

Helene Schweitzer stand an der Hospitaltür und versuchte, etwas Ordnung in das Durcheinander zu bringen. Sie achtete darauf, daß nichts beschädigt oder zerbrochen wurde.

Nicht nur medizinische Utensilien wurden weggetragen, und Helene ermahnte die Leute, mit den persönlichen Besitztümern, die die Schweitzers aus Deutschland mitgebracht hatten, vorsichtig umzugehen. Neben ihr standen Sloat, Zimu und Remy.

Helene war die sprichwörtliche Ruhe in Person. Remy hingegen wurde nicht müde, ständig wüste Verwünschungen gegen die Soldaten auszustoßen, die im Gebäude ein und aus gingen, als wäre es ihr Zuhause.

»Ihr lausigen, stinkenden, miesen Ratten ...« Plötz-

lich entdeckte er Albert Schweitzer und seine Begleiter.
»Indy! Gott sei Dank, daß ihr wieder da seid! Ihr müßt diesen Idioten Vernunft beibringen!«

Schweitzer eilte zu seiner Frau hinüber und umarmte sie. »Helene, was ist denn passiert?« fragte er besorgt.

Schweitzers Frau atmete tief durch und hatte Mühe, ihrer Stimme einen festen Klang zu verleihen. »Es scheint so, als wären wir auf französischem Gebiet nicht mehr willkommen ...«

Indy suchte Captain Rostand und verlangte von ihm eine Erklärung.

»Alle Bürger deutscher Staatsangehörigkeit, die sich zur Zeit auf französischem Boden aufhalten, müssen nach Europa zurückgebracht werden«, erklärte der Offizier.

»Auf wessen Befehl?«

»Senateur Clemenceau«, sagte er kurz angebunden. Damit meinte er den französischen Ministerpräsidenten.

»Aber wir sind doch schon viele Jahre hier. Wir kamen hier an, lange bevor der Krieg ausbrach«, protestierte Schweitzer. »Wir haben den Franzosen niemals Schwierigkeiten gemacht.«

»Das ist nicht mein Problem«, sagte Rostand. »Ich bin hier, um meinen Befehl auszuführen und Sie zur französischen Garnison in Port Gentil zu bringen.«

»Als Kriegsgefangene?«

Rostand hob gleichgültig die Schultern. »Das können Sie sehen, wie Sie wollen«, sagte er und befahl seinen Männern, die Schweitzers auf das Schiff zu bringen.

»Ihr stinkenden französischen Hunde!« brüllte Remy, als die Schweitzers weggeführt wurden. »Erst müßt ihr mit mir fertig werden! Ich haue jeden von euch zu Klump!« Er hob angriffslustig die Fäuste und ging drohend auf die französischen Soldaten zu.

»Leutnant, lassen Sie es gut sein!« versuchte Indy, seinen Freund zu beruhigen. Remys kriegerische Haltung war sicherlich nicht gerade geeignet, die Lage zu verbessern. Er ging zu Rostand hinüber.

»Captain, dieser Mann hat nichts anderes getan, als sich um die Kranken zu kümmern«, sagte er beschwörend.

»Er ist Deutscher«, lautete die knappe Antwort. »Unsere Befehle sind in dieser Hinsicht ganz eindeutig. Und jetzt lassen Sie mich bitte meine Arbeit abwickeln. Sie können ja, wenn Sie wollen, die Angelegenheit bei meinen Vorgesetzten zur Sprache bringen.«

»Nun, Ihre Vorgesetzten sind aber im Augenblick nicht verfügbar, oder doch?« fuhr Indy fort. »Ich bin sicher, sie würden meinen Einwand verstehen und entsprechend reagieren.«

Rostand wandte sich ohne eine Antwort von Indy ab. Er wollte keine eigenen Entscheidungen treffen, es reichte ihm völlig aus, die Befehle zu befolgen, die man ihm erteilt hatte.

»Ich habe für Sie und Ihre Männer eine weitaus sinnvollere Aufgabe«, sagte Indy und lenkte Rostands Aufmerksamkeit auf Sloats Schiff. »Dieses Schiff enthält eine Ladung Waffen, die für den Tanganjikasee bestimmt sind. Ich verlange, daß Sie mit diesem Unsinn hier aufhören und mir eine Eskorte für den Rückmarsch nach Osten überlassen.«

»Sind Sie verrückt?« fragte Rostand entgeistert. »Das kann doch Monate dauern!«

»Es ist von entscheidender Bedeutung, daß diese Waffen ihren Bestimmungsort erreichen«, beharrte Indy. »Sie werden dringend bei der Offensive auf Tabora benötigt.«

»Tabora ist bereits gefallen«, informierte Rostand ihn mit einem Anflug von Schadenfreude. »Und zwar vor drei Tagen.«

Völlig entgeistert wechselten Indy und Remy einen

gequälten Blick. Rostands Worte hatten gerade eben ihren leidvollen und opferreichen Marsch nach Westafrika zur unsinnigen Mission abgestempelt. Alle diese Menschen – Major Boucher, Arnaud, LaFleur und der arme Barthélémy –, dachte Indy, haben ihr Leben für nichts und wieder nichts verloren.

»Tja, Captain, anscheinend waren Ihre Waffen wohl doch nicht so wichtig, was?« sagte Rostand. »Und jetzt machen Sie endlich Platz, und hören Sie auf, diesen Deutschen zu beschützen. Sonst bin ich leider gezwungen, mich zu vergewissern, auf welcher Seite Sie eigentlich stehen ...«

Remy sah Indy fragend an. »Was tun wir jetzt?«

Indy dachte nur eine Sekunde lang nach. »Jetzt hauen wir sie zu Klump ...«

Beide hoben die Fäuste und rückten gegen Rostand vor. Die französischen Soldaten brachten ihre Gewehre in Anschlag.

»Aufhören!« brüllte Schweitzer, der die ganze Szene von der Anlegestelle aus beobachtet hatte. »Hören Sie sofort mit diesem Unsinn auf!«

Rostand näherte sich Indy, der die Fäuste sinken ließ. Der französische Captain war aufrichtig verwirrt. Er konnte nicht verstehen, weshalb Indy für diesen Deutschen so vehement Partei ergriff.

Leise, damit niemand von seinen Männern es hören konnte, fragte er: »Warum machen Sie mir solche Schwierigkeiten? Sie haben doch den gleichen Rang wie ich, Sie sollten die Situation eigentlich verstehen. Schließlich befolge ich nur meine Befehle.«

Indy starrte den Captain haßerfüllt an und stieß mit zusammengepreßten Zähnen hervor: »Sie sind doch nichts anderes als ein kleiner Bürokrat, der zufälligerweise eine Pistole tragen darf.«

Es gab einen kleinen Knall, als Rostand Indy mitten ins Gesicht schlug. Es war ein harter, gemeiner Schlag, der ihn beinahe umwarf. Vor Wut schäumend machte

Indy einen wilden Satz auf Rostand zu und legte ihm die Hände um die Kehle. Soldaten rannten herbei, zerrten ihn von ihrem Vorgesetzten weg und schleuderten ihn zu Boden.

»Haltet diese Kerle in Schach!« befahl Rostand seinem Sergeanten. »Wenn sie uns weiterhin Schwierigkeiten machen, werden sie wegen Hochverrats erschossen. Und jetzt schafft endlich diesen Doktor und seine Frau aufs Schiff!«

Indy und Remy verfolgten machtlos, wie das Ehepaar Schweitzer auf das französische Schiff gebracht wurde. Remy stieß eine weitere Flut von Verwünschungen gegen die französischen Soldaten aus.

Sobald Rostands Männer vollzählig an Bord waren, folgten ihnen die beiden Soldaten, die Indy und Remy bewacht hatten, und das Laufbrett wurde eingezogen.

»Und was geschieht jetzt mit den Menschen im Krankenhaus?« rief Indy zu Rostand hinüber, der sich an Deck aufgebaut hatte. »Was geschieht mit den Leuten, die krank sind und behandelt werden müssen? Wer soll sich um sie kümmern?«

Helene sah Rostand anklagend an. »Sie werden wohl sterben«, sagte sie leise.

Rostand versuchte, ihrem Blick standzuhalten, wandte sich aber schon nach wenigen Sekunden schuldbewußt ab. Es ist schließlich nicht meine Entscheidung, dachte er. Befehl ist Befehl ...

Langsam entfernte sich das Schiff von der Anlegestelle, während Indy und Remy ihm hilflos nachsahen. Joseph, der die Schweitzers bereits viele Jahre kannte und ihnen geholfen hatte, seit das Hospital gegründet worden war, stand neben ihnen und weinte. Von der Unruhe aufgeschreckt, fanden sich Patienten am Flußufer ein und verfolgten fassungslos, wie die Schweitzers abtransportiert wurden. Sie sahen einander verständnislos an und konnten nicht begreifen, warum Oganga und seine Frau sie verließen, wo doch noch so viel zu tun war.

Die Patienten, die zu krank waren, um aufzustehen, lagen in ihren Betten, zitterten vor Schüttelfrost oder weinten vor Schmerzen und fragten sich verzweifelt, weshalb niemand kam und ihnen half. Als die Nacht langsam verstrich, begriffen sie, daß Oganga weggegangen war und nie mehr zurückkommen würde.

Einige, die kräftig genug waren, packten ihre Habseligkeiten zusammen und stolperten und humpelten zurück zu ihren Stämmen. Die Schwachen hingegen blieben in ihren Betten und warteten darauf, daß jemand kam und ihnen die notwendigste Unterstützung gab.

Aber alle, die Schwachen und die Stärkeren, waren traurig und verwirrt. Sie fühlten sich verraten und verkauft ...

18
Das Ende einer Mission

»Clemenceau ist der Überzeugung, daß die Sicherheit in dieser Region stark zu wünschen übrig läßt«, sagte Captain Pernod. »Und so leid es mir tut, ich kann ihm darin nicht widersprechen ...«

Indy und Remy sahen den Offizier in hilfloser Verzweiflung an. Nachdem sie dafür gesorgt hatten, daß die meisten Patienten notdürftig versorgt wurden, hatten sie das Krankenhaus verlassen und waren mit Sloats Schiff, auf dem sich noch immer die gesamte Waffenladung befand, auf dem Ogowe wieder nach Port Gentil zurückgefahren. Dort versuchten sie nun schon seit mehr als einer Stunde erfolglos, Captain Pernod davon zu überzeugen, daß die Schweitzers und ihr Krankenhaus keine Gefahr für die Franzosen darstellten. Aber Pernod blieb hart.

»Schweitzer hat doch nichts Böses getan«, wiederholte Remy. »Er behandelt lediglich die Kranken.«

»Er hat uns beiden das Leben gerettet«, fügte Indy mit Nachdruck hinzu. »Es muß etwas geschehen. Wir sollten ein offizielles Gnadengesuch einreichen.«

Pernod blickte von den amtlichen Schriftstücken auf seinem Schreibtisch hoch, mit denen er sich demonstrativ beschäftigte.

»Es gibt nichts, wogegen Einspruch eingelegt werden kann«, sagte er barsch. »Die Entscheidung gilt. Er ist Deutscher und muß das Land verlassen. So stehen nun mal die Dinge, meine Herren. Immerhin befinden wir uns im Krieg gegen die Deutschen.«

Indy bemühte sich schon die ganze Zeit, seine Wut im Zaum zu halten, doch Pernods gleichgültige Haltung und die Art, wie er jede Verantwortung von sich abwälzte, waren schließlich doch zuviel. »Warum wollen Sie nicht zuhören?« fragte er und hatte Mühe, das Zittern der Wut aus seiner Stimme zu verbannen. »Diese Menschen wurden zurückgelassen, um zu sterben. Wir reden hier immerhin von Menschenleben. Bedeuten die Ihnen denn gar nichts?« Er wies auf den Papierkram auf Pernods Schreibtisch. »Warum sind all diese Unterlagen soviel mehr wert als das?«

Pernod blickte leicht amüsiert zu Indy hoch. Schließlich konnte der junge Captain den spöttischen Blick dieses Paragraphenhengstes nicht mehr ertragen. Mit einer heftigen Bewegung wischte er die Schriftstücke von Pernods Schreibtisch.

Remy und Pernod starrten Indy verwundert an. Nicht einmal Remy hatte seinen Freund jemals derart in Rage erlebt. Immer noch zornbebend trat Indy ans Fenster.

»Leute wie Sie sind am Ende unser aller Untergang!«

Pernod war überhaupt nicht so gleichgültig und gefühllos, wie er erschien, aber er gehorchte seinen Befehlen. Als Indy sich beruhigt hatte, bückte er sich und fing an, die Papiere vom Fußboden aufzusammeln.

»Da ist noch etwas, Captain«, sagte Colonel Pernod, nahm ein Schriftstück und faltete es auseinander. »Es betrifft Ihre Ladung Waffen ... Ihre Regierung hat entschieden, daß diese Gewehre weitaus dringender in Frankreich benötigt werden. Sie und Ihr Leutnant sollen sie mit dem ersten Dampfer, den Sie finden, auf dem schnellsten Weg nach Europa bringen.«

»Wie bitte?«

Pernod reichte ihm den Brief; Indy nahm ihn in die Hand und starrte ungläubig auf das Schreiben. »Die Expedition, die ganzen Menschenleben ...«, murmelte er, und seine Stimme klang brüchig. »Alles für nichts und wieder nichts ...«

»Weder Sie noch ich, Captain, sind in der Position, um das zu entscheiden«, sagte Pernod ernst und hob resignierend die Schultern. »Sie wissen ja, Befehl ist Befehl ...«

»Ich würde gerne mal die Männer persönlich kennenlernen, die diesen Krieg führen«, sagte Remy wütend, nachdem sie Pernods Büro verlassen hatten. »Es wäre mir ein Vergnügen, ihnen mitten ins Gesicht zu spucken ...«

Sie waren zum Hafen hinuntergegangen und beobachteten, wie Gruppen von Deutschen auf mehrere Boote verteilt wurden, die sie zu einem Linienschiff nach Europa bringen sollten. Die meisten waren Zivilisten, viele hatten Familien, die, wenn überhaupt, nur sehr vage Verbindungen zu den deutschen Truppen in Afrika unterhielten. Sie schleppten zahlreiche Reisekoffer, und in ihren Augen lag ein trauriger und bitterer Ausdruck.

Gerade wurde die letzte Gruppe über das Laufbrett in eines der kleinen Boote gebracht. Indy entdeckte Schweitzer und seine Frau Helene unter den Wartenden, und er und Remy rannten hinunter zum Kai, um sich von ihnen zu verabschieden.

Als er hörte, wie jemand seinen Namen rief, blieb Schweitzer stehen und wandte sich um. Ein französischer Corporal stieß ihm heftig in den Rücken und bellte ihn an, er solle weitergehen. Indy erreichte schließlich keuchend die Gruppe und sagte zu dem Soldaten: »Das ist nicht nötig, Corporal.«

Der Soldat musterte Indy geringschätzig und entgegnete: »Von einem Belgier nehme ich keine Befehle entgegen.«

Remy war mittlerweile ebenfalls eingetroffen und fuchtelte bedrohlich mit der Faust vor der Nase des Franzosen herum. »Was meinst du, Freundchen, willst du auch in Zukunft dein Essen selbst kauen?« fragte er freundlich.

Angesichts des kräftigen belgischen Leutnants, der sich mit seiner ganzen Körperfülle drohend vor ihm aufgebaut hatte, schluckte der Corporal krampfhaft und trat ein paar Schritte zurück.

»Wir wollten uns von Ihnen verabschieden«, sagte Indy zu Schweitzer und seiner Frau.

Helene lächelte, als Indy und Remy ihr einen Abschiedskuß gaben. »Es war für uns eine große Freude, Sie beide kennengelernt zu haben.«

Schweitzer schlug Helene vor, sie möge doch ihre Koffer schon an Bord des Schiffs bringen, und Remy bot ihr seine Hilfe an. Er hob den kleinsten hoch, stieß einen Pfiff aus und winkte den französischen Corporal wieder heran.

»Hilf mal der Lady mit ihrem Gepäck, Bürschchen«, knurrte er. »Oder hat deine Mutter dich etwa nicht richtig erzogen?«

Der unglückliche Franzose, der wenig Lust hatte, einen Streit mit diesem ungezügelten Belgier vom Zaun zu brechen, schnappte sich Helenes Koffer und mühte sich mit ihrem Gewicht ab, als er ihr und Remy zu der Dau folgte. Indy und Albert Schweitzer lachten, als sie ihnen nachsahen.

»Ich habe versucht, mit den Franzosen zu reden«, sagte Indy. »Aber sie wollten mich einfach nicht anhören ...«

Schweitzer lächelte traurig. »Da kann man nichts machen. Was ist denn mit Ihnen? Geht es Ihnen wieder gut?«

Indy dachte einen Moment lang nach, bevor er antwortete: »Bis ich Sie kennenlernte, dachte ich, ich sei auf dem besten Weg, ein Mensch zu werden, den ich respektieren kann. Aber jetzt bin ich mir da nicht mehr so sicher.«

»Gewalt ist eine Krankheit der Seele. Und die kann

noch nicht einmal ich behandeln. Ich fürchte, es kommt allein auf Sie an, wenn Sie davon geheilt werden wollen. Sie müssen es selbst versuchen.«

»Ich weiß nicht, wo ich anfangen soll«, erklärte Indy hilflos.

Schweitzer lachte. »Sie haben bereits damit angefangen ...«

Ein französischer Soldat rief Schweitzer zu, er solle sich gefälligst etwas schneller bewegen, das Schiff sei bereit zum Auslaufen. Schweitzer schüttelte Indy die Hand und ging langsam über das Laufbrett, wo Helene bereits auf ihn wartete.

Remy stand bereits wieder neben Indy, und sie verfolgten mit trüben Gedanken, wie die Dau ablegte und Kurs auf das Linienschiff nahm.

Schweitzer winkte Indy und Remy zum Abschied zu, und während sich das Boot entfernte, rief er ihnen zu: »Ich werde euer Schiff niemals vergessen, diese schwimmende Waffensammlung, die nichts anderes verhieß als den Tod. Doch diese Verheißung haben wir ins Gegenteil verkehrt, nicht wahr? Wir haben das Schiff benutzt, um ein Leben zu retten!«

Selbst auf die mittlerweile erheblich angewachsene Entfernung konnte Indy Schweitzers verschmitztes Grinsen erkennen, als er hinzufügte: »Ein wenig Ungehorsam ist immer gut für die Seele!«

»Ja!« antwortete Indy. Dann fügte er auf Deutsch hinzu: »Das ist vielleicht sogar das Beste für sie!«

Schweitzer lachte, und selbst als die Dau nicht mehr zu sehen war, hätte Indy darauf geschworen, daß er das Lachen des Deutschen noch immer hörte.

Es hing in der Luft wie ein Symbol der Hoffnung für die gesamte Menschheit.

Epilog

1992, Unfallstation eines großen Krankenhauses in New York

»Manchmal wird unser Licht einfach schwächer, aber dann, wenn wir auf einen anderen Menschen treffen, erhält es wieder neue Kraft und wird stärker als jemals zuvor. Jeder von uns schuldet den Menschen Dank, die dieses innere Licht aufs Neue entfacht haben«, sagte der alte Indiana Jones, indem er einen Ausspruch Albert Schweitzers zitierte.

Doktor Jeffers hatte ihn zu einer Tasse Kaffee eingeladen und lauschte fasziniert den Worten des alten Mannes.

Mike, der Bowlingspieler, hatte sich längst verabschiedet. Indys Geschichte mußte ihn doch in irgendeiner Form beeindruckt haben, denn ehe er das Krankenhaus verließ, hatte er sich nach dem Wohlergehen des kleinen schwarzen Mädchens erkundigt. Außerdem hatte er seine Adresse hinterlassen für den Fall, daß das Kind noch einmal Blut brauchte. Er versprach, sofort vorbeizukommen und sich zu einer weiteren Blutspende zur Verfügung zu stellen.

»Während ich auf dem Kai stand und miterleben mußte, wie Schweitzer und Helene als Kriegsgefangene nach Europa gebracht wurden, dachte ich daran, wie recht Remy mit seiner Feststellung gehabt hatte.« Indiana lachte verhalten. »Ausgerechnet Remy, dieser Teufelskerl.«

»Wieso, was hat er denn gesagt?« fragte Jeffers.

Indiana Jones schloß die Augen und sah wieder das Bild vor sich. Sie waren damals auf dem Ogowe unterwegs gewesen, und Indy glaubte, in diesem Augenblick auch das Gekreisch der Affen rechts und links des Flusses im Urwald hören zu können.

»Die Affen«, sagte der alte Indy versonnen. »Die Affen haben uns tatsächlich ausgelacht.«

»Aber was geschah denn nun weiter mit dem Ehepaar Schweitzer?« wollte Jeffers wissen.

»Nun ...« Der alte Indiana Jones nahm die Brille ab, holte ein Taschentuch hervor und polierte die Gläser, während er seinen Bericht fortsetzte. »Die Schweitzers gelangten von Kap Lopez aus mit dem Ozeandampfer nach Europa. Dort kamen sie in ein Internierungslager und wurden von einem Ort zum anderen herumgeschoben. Gegen Ende des Krieges durften sie im Austausch gegen andere Kriegsgefangene nach Günzbach zurückkehren. Schweitzer beschäftigte sich weiter mit seinen philosophischen Betrachtungen und widmete sich intensiv seiner geliebten Musik. Er schrieb weiter Bücher, unter anderem ›Vom Sinn des Lebens‹.

Dabei verlor er jedoch nicht sein Ziel aus den Augen, möglichst bald nach Afrika zurückzukehren.«

»Aber ist er nicht irgendwann schwer erkrankt?« wollte Jeffers wissen. »Ich meine, irgendwo so etwas gelesen zu haben.«

Indiana Jones nickte und setzte seine Brille wieder auf.

»Ja, das stimmt. Er konnte seinen Plan erst einige Jahre später in die Tat umsetzen und auf den Schwarzen Kontinent zurückkehren. Als er nach langer, mühsamer Reise in Lambaréné eintraf, mußte er feststellen, daß die Natur dort wieder das Regiment übernommen hatte. Der Dschungel hatte sich zurückgeholt, was ihm Jahre zuvor abgerungen worden war. Albert Schweitzer war deshalb gezwungen, ein ganz neues Krankenhaus zu bauen. Es war größer als das alte, stand aber nicht weit vom Platz des alten Hospitals entfernt.

Dorthin kamen nach einiger Zeit auch andere Ärzte, die Schweitzer bei seiner Arbeit halfen. Schweitzer selbst kümmerte sich zunehmend um die Verwaltung des Hospitals und das Aufbringen von Spenden für seine Arbeit. Immer wieder unterbrach er seine Arbeit für Vortragsreisen in Europa, oder er gab Konzerte, deren Einnahmen seinem Krankenhaus zugute kamen.

In den dreißiger Jahren gehörte Albert Schweitzer zu den kritischen Stimmen, die schon früh die Deutschen und die ganze Welt vor Adolf Hitler und seinen Spießgesellen warnten.

Zu Beginn des Zweiten Weltkriegs war Schweitzer wieder in Afrika. Dort kam es in der Nähe von Lambaréné im Jahr 1940 zu einem heftigen Kampf zwischen Deutschen und Franzosen. Doch diesmal wurde das Krankenhaus zum neutralen Gebiet erklärt und von beiden Seiten verschont.

Später, nach der Explosion der beiden ersten in einem Krieg eingesetzten Atombomben in Hiroshima und Nagasaki in Japan, erhob Albert Schweitzer erneut die Stimme und forderte eine weltweite Abrüstung.

Er stand international in hohem Ansehen und erhielt 1952 für seine Dienste an der Menschheit den Friedensnobelpreis.

Auch im hohen Alter setzte Schweitzer sich nicht zur Ruhe, sondern arbeitete rastlos in seinem Krankenhaus weiter. Dort wurden jährlich um die 6500 Patienten behandelt und täglich drei Operationen durchgeführt. Trotz der recht einfachen Bedingungen lag die Sterblichkeitsrate nur um 1,7 Prozent über dem europäischen Durchschnitt.

Bevor Albert Schweitzer im Jahr 1965 starb, übertrug er testamentarisch die Verwaltung des Krankenhauses auf seine Tochter. Aus der ganzen Welt kamen Beileidsbekundungen, aber es war eine bestimmte Geste, über die Schweitzer sich gewiß am meisten gefreut hätte: Seine sterbliche Hülle wurde am Ufer des Ogowe zum Klang zahlreicher Eingeborenentrommeln feierlich bestattet. Dies war der Dank der Eingeborenen an einen Mann, der sich mehr als fünfzig

Jahre lang ausschließlich dem Wohl und dem Dienst an der Menschheit verschrieben hatte.«

Jeffers saß lange nachdenklich da. Dann bot er Indy eine weitere Tasse Kaffee an, doch der alte Mann lehnte dankend ab. Er erhob sich schwerfällig.

»Wissen Sie, Doc«, sagte er zu dem jungen Arzt. »Afrika ist mittlerweile erforscht. Es gibt keine weißen Flecken mehr auf der Landkarte. Aber der Dschungel hat seine Macht nach wie vor behalten. Wenn ich mir ansehe, was auf den Straßen los ist, dann habe ich das Gefühl, er fängt gleich vor unserer Haustür an.«

Jeffers nickte. »Da sagen Sie was. Allerdings haben die Raubtiere hier nur zwei Beine und sind trotzdem die gefährlichsten der ganzen Erde. Aber wir geben den Kampf nicht auf.«

Indy war mittlerweile zur Tür des Untersuchungszimmers gehumpelt.

»Wissen Sie, Doktor, das Schicksal des kleinen Mädchens interessiert mich. Ich denke, ich komme in den nächsten Tagen noch einmal vorbei, um nach ihm zu sehen.«

Der Arzt winkte ihm zum Abschied zu.

»Tun Sie das. Eine Tasse Kaffee haben wir immer für Sie.«

Bevor die Welt
Indy entdeckte,
entdeckte Indy
die Welt.

Spannende Abenteuer an exotischen Schauplätzen; Begegnungen mit Menschen, die Geschichte schrieben; Streifzüge durch eine der aufregendsten und bewegendsten Epochen unseres Jahrhunderts:

DIE ABENTEUER DES JUNGEN INDIANA JONES

Nach der Fernsehserie von George Lucas

Bereits erschienen

Fluch der Mumie. Ägypten 1908

Pancho Villa. Mexiko 1909

Schüsse im Garten Eden.
Britisch Ostafrika 1909

Felder des Todes. Verdun 1916

Mata Hari. Paris 1916

vgs verlagsgesellschaft Köln

NEW JERSEY
Kap Lopez/
Port Gentil
GAB
Kap
Guten Hoffn